杀人动机

海 岩
金凌云 著

九州出版社
JIUZHOUPRESS

图书在版编目（CIP）数据

杀人动机 / 海岩, 金凌云著. - 北京：九州出版
社, 2016.12
ISBN 978-7-5108-4953-4

Ⅰ.①杀⋯ Ⅱ.①海⋯ ②金⋯ Ⅲ.①长篇小说—中
国—当代 Ⅳ.①I247.5

中国版本图书馆CIP数据核字(2016)第315847号

杀人动机

作　　者　海岩　金凌云　著
出版发行　九州出版社
地　　址　北京市西城区阜外大街甲35号　（100037）
发行电话　(010)68992190/3/5/6
网　　址　www.jiuzhoupress.com
电子信箱　jiuzhou@jiuzhoupress.com
印　　刷　北京嘉业印刷厂
开　　本　700毫米×980毫米　16开
印　　张　19.25
字　　数　179千字
版　　次　2017年3月第1版
印　　次　2017年3月第1次印刷
书　　号　ISBN 978-7-5108-4953-4
定　　价　39.80元

第一章

我被捕了。

我摊上了大事。

我卷入了一桩大案子。凶杀案，跟三条人命有关。

我的样子很狼狈。我在天伦湖里灌了一肚子水，刚刚被几个警察打捞上岸，又被他们塞进一辆警车，警车像一阵旋风似的，直接把我带到了刑警队里。

坐在我对面的，一看就是个经验丰富的老警察。我知道他姓郝，是个头儿，刑警队里人人都喊他郝队。他五十来岁，头发很短，皮肤很黑，身材很壮，表情很冷酷。我想，像他这样的人，成天跟骗子、盗贼、劫匪和杀人犯打交道，好像已经不会笑了。不过，他的声音听起来还比较随和，一点儿也不凶。

他说："你叫什么？"

我说："毛标。"

他说："哪两个字？"

我说："毛毛雨的毛，标准的标。"

我太紧张了，舌头打结，说话都有点儿困难。也许是在天伦湖里泡得太久，我的胃有点儿难受，脑子好像也进水了，恍恍惚惚。

郝队身旁有个小警察，跟我差不多大，看上去还像个大学生。他看我一眼，没说话，也没有任何表情，低下头继续做笔录。

郝队说："你多大了？"

我说："二十二。"

可能是我的口音提醒了他，他说："你不是本地人吧？"

我摇了摇头："不是。"

我是从外地来的，老家在农村。我在这个城市的边缘地带有个租来的小窝，面积不到十平方米，就跟我现在待的这间屋子差不多大。

郝队说："你是干什么的，有工作吗？"

我说："有，送快递的。"

他点了点头，若有所思："噢，送快递的。"

郝队身后的墙上有一块白板，白板上有一行大字：5·14安达家园凶杀案。下面贴了几张照片，照片上有我熟悉的安达家园，还有两个人像。我认得他们，一个叫许本昌，一个叫高丽丽。我清楚地记得他们死亡时的样子。那样的惨状，就像刻在我的脑子里，怎么也忘不掉。

郝队沉默地看着我，直勾勾的，想要一眼把我看穿似的。我没敢跟他对视，低头看看脚下，脚下有只蚂蚁，爬来爬去。我觉得自己也像只蚂蚁，很渺小。

当我把头抬起时，我看到郝队从桌上的塑料袋里掏出一部手机。我知道，我们终于要进入正题了。

他说："这部手机，是你的吗？"

我点了点头："是我的。"

不用仔细辨认，我一眼就能看出那是我的手机。手机摔过，屏幕上有裂痕。手机背面贴了一只大嘴猴，那是我的属相。我的本命年还没到，应该不犯太岁，而且，我平时已经很小心了，但我还是踩到了狗屎！

我的霉运就跟这部手机有关。我一直很依赖自己的手机，可以说是形影不离。它给我带来过很多麻烦，比如看手机时一头撞在电线杆子上，或者掉到水沟里，又或者玩游戏的时候把它甩到别人脸上……但是，我从来都没有想过，有一天，它会变得如此疯狂，居然闯下了这么大的祸，甚至威胁到了我的性命。

郝队说："开机密码？"

我说："傻叉……"

小警察噌地站了起来，手指着我，大声地冲我吼："你再说一遍！"

我吓了一跳，但我还是把话说完了："……的全拼。"

小警察蒙了。郝队也愣在那里。

我怕他们不明白，又重复了一遍："s、h、a、c、h、a……傻叉的全拼！"

郝队居然会笑，他苦笑着说："问你密码，等于找骂呢！"

我设置这个密码的本意不是要骂别人，而是骂我自己。这里面有个小故事，跟这部手机的来历有关。

两年前，我还在用另一部手机。那是个品牌货，它的牌子叫作"若基亚"。我没写错别字，它就叫这个名字。好吧，它是个山寨手机，样子和功能都很傻。

后来，我好不容易攒了点钱，看到大家都在用苹果手机，于是我咬牙决定，我也要买一部苹果。我去了一家手机店，人家问我要不要发票，不要发票的话，可以便宜二百块钱。我想能省则省，再说要发票也没用，我又找不到地方报销。就这样，我把它买了回来。

我洋气了几天，但是，很快我就觉得它好像有点儿不大对劲。

首先，我手机上的那个苹果被人咬了一口，当然，别人的苹果也都被咬了，但是我的那一口好像咬得比别人的更狠一点儿。其次，别人手机上的英文字母都是"iPhone"，为什么我的手机上是"lPhone"？最坑爹的是，这部苹果手机里，安装的居然是安卓系统！

我当然要去维权，但是，他们根本就不承认卖过这款手机，我也没有发票。他们的样子都特别凶，我又天生胆小，不敢跟他们闹。我想，我也怨不得别人，要怪就怪我自己长了个山寨脑袋，非要学人家赶什么潮流，结果被他们当成苹果狠狠地咬了一口，还一点儿办法都没有。整件事情里，唯一能安慰我自己的就是，这部山寨版的苹果除了反应有点儿慢以外，该有的功能都有，倒也不影响使用。从这个角度看，比起某些生产婴儿奶粉的企业，它的制造商还算有点儿良知。

后来，我就设置了这样一个密码，不是为了报复社会，而是为了提醒自己，不要再做类似的傻叉事情。我没有本事欺负别人，只能欺负我自己。为了遮羞，我还特意买了一张大嘴猴图案的贴纸，盖住了那个几乎被咬掉一半的苹果。

因为这件事情，曹克嘲笑了我半年多。他对我的评价言简意赅，就两个词，一是傻叉，二是尿包。

关于曹克，你现在只需要记住一件事：他跟我合租，一个猪一样的室友。

此刻，郝队正在摆弄我的"1Phone"，我本能地紧张起来。我想，每个人的手机里都会有一些不想被别人看见的秘密，或多或少，如果手机任由别人摆弄，总是会有些不安的，好像被人扒去底裤的感觉。我个人的感觉要更强烈一点儿，甚至可以说，很要命！

这的确是一个人命关天的秘密。为了活命，我曾经承诺过要保守这个秘密，后来我又豁出命去，发誓要把它公开，反反复复，死去活来……

现在，看来一切就要尘埃落定。

手机解锁了。郝队把它交给小警察，示意他去找一根合适的数据线。

　　小警察走了，郝队继续盘问："说说吧，那天晚上，你去安达家园干什么？"

　　我说："那天晚上……我能从白天说起吗？"

　　他说："好吧，随你。"

　　我说过，我就是个送快递的，说到底就是替别人跑腿。吃的，穿的，用的，小到一双袜子，大到一台冰箱，客户只要在手机或者电脑上轻轻地动一动手指，我就得玩儿命似的撒腿狂奔，争取在最短的时间内把东西送到他们面前。

　　我第一次去安达家园，就是去送货。没有什么特别的。客户的名字叫沈默。拿到送货单的时候，我心里还纳闷，怎么会有人叫"沉默"？

　　沈默想要一台智能电视，他在订单上登记的收货地址是：安达家园售楼处。

　　安达家园是个新开盘的高档住宅小区，我在电视上看到过他们的售楼广告。为他们代言的是一位以扮演二奶见长的影视明星，她用诗歌朗诵一样的腔调说："安达家园，梦开始的地方！"

　　对我来说，那的确是个"梦开始的地方"，只不过……

　　安达家园刚刚建成不久，还没有人入住。我绕过地上一堆又一堆的建筑垃圾，直奔售楼处。售楼处有几个人在打牌，我进去喊了几声"沉默"，有人看我，但是没有人搭理我，好像我在跟空气说话一样。后来终于有人明白我在喊什么，他们让我扛着电视直接去一号样板房里找沈默。我原来还以为样板房就在一楼，但是一个叫小刀的年轻人告诉我，样板房有两套，都在九楼。我多嘴问了一句："为什么在九楼？"小刀没理我，另一个叫大庄的中年人说："顶层嘛，视野开阔。"

我扛着电视，进了电梯，按了电钮。就在电梯门要关上的时候，有个人像一道闪电一样从门缝里劈了进来。

回想起来，好像就是从这一刻开始，事情就变得有点儿不同寻常了。不过，我当时没这么觉得。

进来的是个女孩，裙子很短，打扮很时尚。不过我觉得她的妆太浓了，都看不出她本来长什么样了。我看她，她也看我。我觉得她有点儿面熟，好像在哪儿见过似的。但是，她好像根本就没把我当回事。她转过身去背对着我，拿着手机发微信，也不知是在跟谁"么么哒"。

我也掏出了手机。

我的山寨苹果一点儿也没掉链子。很快我就知道她是谁了。我确实见过她，只不过是在网上。她叫高丽丽，是个"网红"，名气很大。有人说她是模特，也有人说她是演员，还有人说她是性工作者……总之，她的正式工作到底是什么，好像没有人能说清楚。

当快递员之前，我在影视基地当过几天群众演员。扮演过几具尸体之后，我就不干了。也就是在那个时候，我认识了一个剧组的副导演。有一次，他问我想不想出名，我说想啊，他说那我给你出个主意吧。你猜他给我出了个什么主意？他建议我去地铁里脱了衣服裸奔，找个人用手机拍下来，然后把视频发到网上。我又不是个傻子，当然不会真的去裸奔，不过我觉得他好像也不完全是在说笑。我想，有些人出名，也许就是因为他们敢于"裸奔"。

高丽丽有没有"裸奔"我不大清楚，我知道的都是从网上扒来的。我知道，她最喜欢干的事情，就是在微博上卖萌和炫富，但是网友们最感兴趣的并不是她到底有多萌，也不是她到底有多富，而是她到底有几个干爹，她和那些干爹到底有没有乱伦……

其实我也很好奇。像我这样的人，早已经脱离了高级趣味，遇见名人的机会也不是很多。本来我有机会当面问她，但是我张不开嘴。就在这个时候，我忽然听到一种很奇怪的响声，很细微，也很尖锐，就好像是某种布料被撕裂的声音。然后我又嗅到了一股很奇怪的味道，描述不出来，反正特别恶心。我捂住口鼻，盯着她的后脑勺，心头跑过去一万只羊驼。万万没想到，她会突然回头瞪着我，同样捂住口鼻，同样厌恶的眼神……

她说："什么素质！"

她的愤怒特别逼真。有那么一会儿，我都蒙圈了，我也以为是我自己干的。当我反应过来，刚想说点儿什么时，电梯已经到达九楼。

电梯门打开的时候，我看到有一个中年男人候在外面。他大概四十岁，很有派头，就像电视上的那些成功人士一样，头发油亮，满面红光，西装笔挺，戴着眼镜。后来我才知道他叫周正，是这个楼盘的开发商。

他留给我的第一印象不错，因为他笑起来很斯文。当然，他不是冲我笑的，他是冲高丽丽笑的。

他说："高小姐，你迟到了！"

我记得高丽丽刚才冲我说话的时候，嗓音又粗又哑，反正很不好听，但是，她好像会变魔术似的，迅速换了一条声带，嗓音变得又细又嗲，甜到让人腿脚发软。

她说："哟，周总等半天了吧？"

他说："没关系，样板房在这边，我先带你看看房吧。"

然后，他们就像一对情侣一样，说笑着走了。我也扛起电视走出了电梯，跟在他们身后，就像一个跟屁虫一样。真的很像跟屁虫，因为我鼻子里好像还有那种特别恶心的味道。电视虽然不轻，但我又不是用耳朵扛，而且，我的耳朵天生很敏锐，他们说话的声音不大，我还是能听到他们谈话的内容。

她说："周总，您能给我多大的折扣呀？"

他说："多大的折扣，那要看咱俩的关系远近了！"

她横着迈了一步，贴他更近了："咱俩这关系，不算远吧？"

他的口气听起来不卑不亢："不远，但也不近。"

她好像有点儿尴尬，没说话。

他缓和了语气，又说："不过，朋友嘛，你来我往，各取所需，就近了。"

她说："各取所需……我能给周总什么呀？"

他说："高小姐应该也算是个生意人，我想要什么，你不会不知道吧？"

她停顿了一下，很快又说："你说吧，时间，地点？"

他说："高小姐可是个名人，网友们盯得紧，咱们最好低调一点儿……"

就算我是个傻瓜，也能猜得到他们谈的是什么狗屁生意。虽然不关我的事，但是这位周总的斯文形象在我心目中迅速矮化。我的个人感觉是，他当她干爹，从岁数上来说，好像不大合适。

"狗男女！"我心里骂了一句，看着他们走进二号样板房，关上了房门。

我要去的是一号样板房。在那里等待收货的，就是沈默。

沈默是个中年人，又高又壮。在我最开始的印象里，他应该不算是个坏人。他的脸很长，没有表情，好像不爱说话。我想，"沉默"这个名字其实挺适合他。

我拆开纸箱，取出电视。他插上电源，开始验货。

在他验货的时候，我四面看了看。

屋子是新装修的。装修得很豪华，家具崭新，床上用品一应俱全。所有的东西看起来都特别高级。我想，只要带上洗漱用品和换洗衣物，应该随时可以入住。如果不是床头有明文告示"请勿坐卧"，我真想上去躺一会儿。

屋里还有装修的气味，我不大适应，于是我走到窗口，探头向外面看了看。视野果然开阔。不过外面没有风景可看，眼里只有大片平房。平房也拆得差不多了，一片废墟，就像被战斗机轰炸过一样。我低头又看了看楼底下，我的电动三轮车还停在那片空地上。我刚一扭头，忽然又看见了高丽丽！

距离不到三米，在和我平行的隔壁窗口，高丽丽也把脑袋探出窗外。看到我，她眼睛一瞪，脑袋立刻缩了回去。

我也缩回了脑袋，转身问沈默："大哥，咱们这儿的房子多少钱一平方米？"

沈默仍然盯着电视："你要买房？"

我说："啊，随便问问。"

我有个女朋友，她叫袁丹。她有个奇怪的想法，她认为我们应该买房结婚。结婚不奇怪，结婚又不是昆虫界的事情，我怎么会觉得奇怪呢？奇怪的是买房。如果你知道我一个月挣多少钱，你就知道我为什么会觉得买房奇怪了。实话告诉你，我房租还拖欠着呢，房东成天追在我屁股后头要账。买房，买什么房？

沈默看了我一眼，露出了他的第一个表情，嘴角一撇，很不屑。

他说："别问了，问了你也买不起！"

大写的尴尬！

　　我脆弱的自尊心受到了极大的伤害，不过，我觉得他说的好像也没什么毛病，我哑口无言。我想，我卡里的那点儿存款，估计连我脚下两只鞋所占据的面积都买不起。像我这样的人，还敢问房价多少，不是自取其辱又是什么？

　　在这个尴尬的时刻，我的手机突然响了。

　　手机一响，沈默吓住了，浑身一哆嗦。我当时就有一种报复成功似的快感。我这部苹果虽然是山寨版的，但是它也有两个比较拉风的特点：一是电池耐用，一般四五天才充一次电；二是电话铃声特别响，绝对是震耳欲聋的那种，方圆一公里都能听得见。它自带了一曲来电铃声："你是我的小呀小苹果，怎么爱你都不嫌多……"有一次，我路过一个农贸市场，手机突然响了，我发现周围的人都在看我，很多大妈都蠢蠢欲动。

　　电话是另一个客户打来的。他订了一台电饭锅，问我什么时候送到。我说，大概半小时。我猜他一定是饿坏了，不然他不会那么暴躁。他很大声地冲我吼："十五分钟送不到，你就不用来了，直接退货！"然后他就把电话挂了。

　　我有一种感觉，跟前两年相比，客户里面暴脾气的人数好像正在迅猛增长。我也不知道为什么，也许是交通越来越拥堵，雾霾越来越严重，房价越来越高，股市越来越低迷……反正，人们有一万多个理由让自己变得越来越暴躁。

　　我正在胡思乱想，忽然又听到楼道里传来了一个男人的吼声："周正，你给我出来！"

又一个暴脾气！

我还在愣神，沈默已经像只兔子一样蹿了出去。

我跟了出去，看到一个男人正在拍打隔壁样板房的房门。他五十来岁，身上穿着出租车司机的深蓝色工服，面相看上去比较忠厚，但是表情却很扭曲。他大力地拍门，大声地嚷嚷："周正，你给我出来！你有胆子拆房，没胆子见人，你算个什么东西！"

周正好像不打算露面。那扇房门一直关着，里面没有动静。

沈默上去了，他一把拉住那人："许本昌，你别在这儿闹事！"

许本昌一把甩开他："你给我走开！"

沈默又拉住他："周总不在，有什么事你可以跟我谈！"

许本昌又甩开他："我跟你谈不着，叫周正出来！"

沈默再次拉住许本昌，许本昌再次甩开沈默……就这样，他们一拉一甩，你来我往，重复动作，不过我大概也能弄明白是怎么回事。

一个是开发商，一个是拆迁户……这样的故事你懂的，我不解释了。不过，类似的事情我以前都是在网上看见的，目睹还是头一回，感觉有点儿不一样，还是现场的冲击力比较强，情绪上也更容易有一些波动。

我当时就是个打酱油的，如果一定要站队的话，也许我应该顶一下许本昌。设身处地地想一想，出门买个菜的工夫，家里的房顶子就被人掀了，能不抓狂？许本昌看上去像个老实人，但是，就算是一粒玉米，你把它扔进高压锅里，它也能爆开。别看我胆小怕事，受人欺负了一直都选择忍气吞声，但是我告诉你，那只是因为压力还不够。如果给我足够大的压力，我都不知道自己到底能干出什么惊天动地的大事来。

话说回来，我当时也就是在精神上支持了一下许本昌，实际上我只是在围观。当然，我也不完全是在看热闹，我还在等沈默结账，订单上写的是"货到付款"。

沈默根本拉不住已经爆开了的许本昌，不过，他的两个帮手很快就赶到了。那两个帮手我在售楼处见过，一个叫小刀，一个叫大庄。

三个对付一个，我真想上去帮许本昌搭把手。我毕竟年轻，也是弱势群体，这点儿正义感我还是有的，但是，我没有那个胆量。

我以为许本昌已经被沈默他们制住了，没想到他会突然发力，挣开了他们，一阵风似的从我面前跑过，钻进我身后敞开着房门的样板房里。我还来不及做出任何反应，又一阵风从我面前刮过，沈默他们几个也追进了屋里……

接下来的情形我就看不见了，因为不知道是谁把房门关上了。我站在门外，只听到屋里一阵叮咣乱响……然后我看到房门被打开了，许本昌被他们拖了出来，顺着楼道，就像在拖一只笨重的行李箱一样，拖往电梯的方向。

我追上去的时候，他们已经进了电梯。电梯里的空间很狭小，他们扭打成一团。

许本昌说:"强盗,松开!我死在这儿,我哪儿也不去!"

沈默说:"抓住他,使劲儿,别让他动!"

大庄说:"小刀,快按电梯,把门关上!"

小刀说:"你关吧,我腾不出手来……"

已经够乱的了,我实在不想再添乱,但是我也没有办法。电梯门关闭之前,我挤了进去。他们在电梯里转着圈地揪扯,我也就跟着转圈。我已经很小心了,但我还是挨了两拳,被踢了一脚。他们撕扭在一起,我都分辨不出到底谁是谁,也不知道是哪一个不长眼睛的浑蛋误伤了我。当我终于分辨出了谁是沈默以后,我拉住了他的胳膊。虽然有点儿不合时宜,但我还是说出了口。

我说:"大哥,电视的钱您还没给我呢!"

许本昌还在挣扎着叫骂,沈默根本顾不上我,他说:"你等会儿!"

我等了一会儿,继续跟着他们转圈。我头都转晕了。最后我实在忍不住了,我告诉沈默:"我还得给别的客户送货,快来不及了。"

沈默的注意力还在许本昌身上,气喘吁吁,头也不回:"你送完再过来结账!"

我说:"我一会儿上哪儿找你,你什么时候在……"

我的话还没说完,电梯突然停了。电梯门开了,他们拖着许本昌走了出去。

我也走出了电梯,看着他们的背影,看着他们在撕扯中远去,我也无可奈何。

如果是我导致客户退货的话，公司是要扣我奖金的，所以我不敢耽搁，骑上三轮车，去另一个小区找到了那位正在等电饭锅用的暴脾气大哥。我觉得，他冲我发脾气不是因为饿，而是因为他刚刚遭遇了家庭暴力。他是个可怜的人，脸上还有掌印，但是我比他更可怜，他挨了老婆打以后，至少还能拿我出气……算了，不说了，说起来都是泪！

说回正事。大概半小时之后，我又回到了安达家园。

许本昌从小区里走出来，一个女孩陪在他身旁。后来我才知道，她叫许可，是他女儿。我看了她一眼，她也看我一眼，然后继续安慰她身旁愤愤不平的许本昌，帮他整理被弄乱的衣服。我们擦肩而过。他们上了停在小区外面的一辆出租车，出租车慢慢地开走了。

许可留给我的第一印象就是漂亮，眼睛很大，皮肤很白，腰很细，腿很长……我想，一个普通的出租车司机，怎么会有个像电影明星一样漂亮的女儿？不过，我当时也没多想。跟她相比，我觉得自己简直就是一只癞蛤蟆。

接下来我要做的就是去找沈默。我先去了售楼处，售楼处一个人也没有。我又去了九楼，那个样板房已经上了锁，敲门也没人答应。沈默不知去哪儿了，就像在跟我躲猫猫一样。

不过，这个无聊的游戏很快就结束了。当我从九楼下来，再回到售楼处时，我找到了沈默。屋子里除了他，还有小刀和大庄。

沈默抽着香烟，靠窗站着。我掏出了 POS 机，径直走到他身旁。

我说："大哥，您是刷卡还是付现金？"

沈默看着我，表情很奇怪，就好像我是一只会说话的猩猩。

他说："你是谁呀？"

我觉得他是在故意逗我，但是我从他的眼神里感觉不到幽默。

我说："大哥，别逗了，我是快递……"

他说："哦，快递……"

他仍然看着我，好像想起来我是谁了。我松了口气，我认为这个假装失忆的游戏差不多也该收场了，但是他忽然又说："什么事？"

我说："结账啊！"

他说："结什么账？"

我说："电视，您不是订了台电视吗？"

"电视？"他看上去好像有点儿糊涂，不过，他很快又恢复了记忆，"对，没错，我是订了台电视。"

我说："对呀，电视我都送来了……"

他说："电视送来了，在哪儿呢？快搬进来吧，我得先验货！"

玩笑越开越大，我感觉有点儿不对劲了。

我说："刚才您都验过货了……"

他说："刚才是什么时候，咱俩见过面吗，你找错人了吧？"

"没错呀！"我指着小刀和大庄，"他们俩当时也在。"

沈默看着他们："你们见过他？"

小刀和大庄几乎同时摇头，同时说话："没有，没见过。"

沈默转过脸，狡狯地看着我："碰瓷儿啊？"

现在，我可以确定这不是开玩笑了，因为我从沈默的脸上看到了恶毒的表情。他转身就要出门，我连忙追了上去："大哥，你别走……你别不认账啊！"

他说："你有账单啊，你把账单拿出来给我看看吧，我签字了吗？"

他继续向门口走去，我感觉自己都快疯了，上去一把拉住他的胳膊："大哥，别逗了行吗，快把钱给我吧！"

他一把甩开我："干什么？要动手啊，你敢动手吗？穷疯了吧！"

我又拉住他，他又甩开我……然后，小刀和大庄围了上来，推推搡搡，骂骂咧咧："干什么，抢啊？你个大傻叉也不看看，这是你撒野的地方吗？快滚吧，滚犊子，滚蛋！"

然后，他们就像刚才对付许本昌那样，连揪带扯地把我轰了出来。

我想，我能体会到许本昌的悲愤了，不过我没有像他那样抗争到底的决心。我也很想轰轰烈烈地跟他们干一场，但是，他们的身体太强壮，表情太凶狠，动作太野蛮……最后，我骑上了三轮车，在他们鄙视的眼神和粗暴的谩骂声中，灰溜溜地逃走了。

在这个城市里，三轮车有个外号，叫"狗骑兔子"。我以前不知道为什么这么叫，但是现在我明白了。三轮车就是那只狂奔的兔子，而我就是骑在它身上的狗。我看不见自己，不过我相信，我当时的样子活像一条丧家之犬。

现在，我已经用自己的惨痛经历证明了沈默是个坏人。但是，我并不认为事情到这儿就算完了。

我回到了公司，找到了经理。

看到经理的时候，我觉得心里无比温暖。因为他代表了组织，代表了后盾，代表了我不是一个人在战斗……

经理坐在那儿，泡着工夫茶，耐心地听我如泣如诉地讲述这个悲催的故事。我讲完了，他有一段时间没说话。我以为他震惊了，但是他没有。他身后的墙上挂了一块横匾，上面有三个字：平常心！他的表情就像这三个字一样，很平常，就好像我损失的不是一台电视，而是一枚钢镚，或者是一包纸巾。

我真希望能从他脸上找到一点儿同情的神色，但是我没找到。他都不拿正眼看我，他一直盯着茶盘，泡茶的动作不慌不忙，说话的口气不紧不慢。

他说："你脑子坏掉了？"

我觉得我脑子没坏，只是社会经验太少，再说，类似的情况以前也遇到过，一般人都会认账，从来也没有人跟我玩过这种把戏。我想我以后不会这么蠢了，但是，这一次的损失怎么办？

经理说："钱拿不回来可以，你起码得把货拿回来吧。"

我说："我是真没办法，差点儿挨顿打。"

他说："那我也没办法，货是从你这儿出去的，损失也只能由你来赔了。"

我说："我赔？我可赔不起，我没钱！"

我太冲动了。我觉得我的言语已经冒犯了他，但是他看起来还是不急不恼。

他说："没钱不要紧，就从你的工资里扣吧。"

我说："还扣工资？上个月的工资到现在还没发呢。"

他说："那不正好吗，不用给你发了！"

我顿时慌了："别呀，我房租还没交呢。"

经理很冷静，冷静得像一块冰："你交没交房租，跟我有一毛钱关系吗？"

夏天就要到了，我却回到了冬天……

当我像个蔫儿了的茄子从经理办公室出来以后，我感觉心理阴影面积又扩大了。

我回到了出租屋。

刚开始我想静静，但是静下来了我也抓狂。后来我又想找人聊聊，这时候，我才发现自己朋友太少，铁瓷一个也没有。就像周正说的，朋友要各取所需。像我这样的人，身上好像也没有什么别人需要的东西。当然，我还有个女朋友。我很想给袁丹打个电话，但是，我想来又想去，最后也没打。我怕她看不起我，更怕她骂我是个傻叉。我觉得袁丹哪儿都好，就是脾气不好。

最后，我决定喝点儿酒，让酒浇灭我心头的苦闷。

我平时不喝酒。不是说我有多自律，而是我感觉酒实在是太难喝了。高考失败以后我喝醉过一次，醒来我就发誓再也不碰它。现在我又需要它了。

我出了门，在楼底下找到了一个乌烟瘴气的烧烤摊子。我蹲在马路牙子上，一边喝酒，一边看着天空，心里想着自己是多么悲催。

天已经黑了。我看到乌云聚集，风吹树动，电闪雷鸣。

我的山寨手机又响了，是条短信，气象台发来的雷雨橙色预警。但是我想，我都已经被雷劈过了，下点儿雨算个屁呀！

我勒个去！

有个傻子倒大霉了！

让暴风雨来得更猛烈些吧！

陪我喝酒的是曹克。他碰巧从这儿路过，看到我独自在喝酒，就蹲了下来。在我感到苦闷的时候，这个猪一样的室友表现得特别仗义。至少从他的眼神里，我看到了自己想要的同情。

他说："钱肯定是要不回来了，但是，咱们可以想办法把货拿回来！"

我说："怎么可能？"

他说："我要是帮你把货拿回来，你给我什么好处？"

我说："你要什么好处？"

他说："电视值多少钱？"

我说："差不多五千吧。"

他说："那你给我一千吧。"

我很吃惊："一千？"

他也很吃惊："我既出主意又出力，一千还多？"

我很干脆："多！"

他也很干脆："八百！我最烦跟人讨价还价，你不愿意就算了，当我没说。"

我低头想了想，八百换五千，好像挺划算的，反正我也想不出别的办法。

我说："八百就八百，你说吧，有什么办法？"

他看看四周，压低了声音："样板房晚上应该没人吧，咱们把门弄开……"

把门弄开？

我差点儿就给他跪了。

我说："这不是偷吗？"

他说："偷你妹！你法盲啊！拿别人的东西才叫偷，你是去拿回自己的东西，那能叫偷吗？你脑残啊！"

我说："你才脑残呢！"

他说："我这叫见义勇为好吗！是你让人欺负了，我都不能忍，你能忍？"

我没说话。我感觉心里好像有一团火被他拱了出来。

他看着我，继续煽风："毛标，别跟个小娘炮似的，你到底有没有小鸡鸡？有就痛快点儿，你到底去不去？"

我也是醉了。我想，这可能是酒精的作用。开始是肠胃有反应，有点儿恶心，然后是视觉发生变化，周围的环境变得模糊起来，就好像眼睛一直无法聚焦，最后是大脑有感觉，我感觉脑子里有一股热浪直冲云霄，这股热浪给了我勇气，让我心潮澎湃，血脉偾张，居然忘了自己是个胆小鬼……

天上掉雨点了。曹克很不耐烦地起身就走。

他说："你智商余额不足了，赶紧去充值吧。到时候交不上房租流落街头，可别怪兄弟我没帮你！"

我大口喝掉了剩下的酒，大声说了一句："我去！"

曹克停了下来，回头看我，好像在判断我说出的这两个字是语气助词，还是它们字面上的意思。

我扔掉了酒瓶，更大声地表明了我的态度："我去！"

第二章

几点了？

墙上没有时钟，连个窗户都没有，不知道几点，也不知道外面天黑了没有。

我习惯性地想掏出手机看看时间，这才想起来手机已经被小警察拿走了。

郝队面无表情，还是那么冷酷。他会相信我说的话吗？

我咽了咽唾沫。说了这么多，我感觉有点儿口渴，喉咙也有点儿不舒服。

郝队好像知道我在想什么，他走过来，递给我一瓶矿泉水。

我很感动。我觉得警察看上去很凶，其实也挺有人性的，没有想象中的那么恐怖。即使要坐牢的话，估计也没有想象中的那么悲惨，除非……

太可怕了！我不敢再往下想，咕嘟咕嘟地大口喝水，掩饰我心里的不安。

郝队说："以前偷过东西吗？"

我点了点头，老实承认："偷过。"

郝队好像有点儿意外，表情发生了改变："偷过什么，什么时候的事儿？"

我说："六岁的时候，我偷过邻居家的梨子。"

郝队大概有点儿失望，好像没什么兴趣似的。不过，我觉得还是应该讲完。这件事情对我来说很重要，算是童年阴影吧。能长这么大，我也不容易！

邻居家种了一棵梨树。它越长越高，越长越大，渐渐地越过了墙头，占领了我家后院里的一小片天空。我看着它开花，看着它结果……当果实成熟了以后，我认为收获的季节到了。有一天，趁父母出门，趁邻居不注意，我爬上了墙头。当然，我只摘了看起来属于我家领空的果子，并没有把手伸到院墙的另一边。虽然我很想那么干，不过我觉得那样做不好。可以说，对于别人家地盘上的东西，我基本上不会据为己有。

当我把那些梨子都吃了以后，我爸突然回来了，而我还来不及把果核扔掉。结果可想而知。我爸的表情极其恐怖，下手也很重。听到我杀猪一样的惨叫声，邻居当然知道发生了什么，连忙跑过来劝他住手。失主都觉得没什么大不了的，我爸却不依不饶。直到他累了，我也发誓再不会偷别人家的东西，他才罢手。

就是这样，我尝到了梨子的滋味，它开始是甜的，后来却是苦的……

其实我爸根本没有必要动手，他只要告诉我偷东西很可耻，我也能记得住。不过，这不是我爸做事的风格。他不擅长讲道理，他更喜欢卖力气。

这是我爸第一次对我动手。后来，动手几乎成了习惯，成了一种教育方法。不知道别人家的家教是什么样的，反正我家的家教就是我爸扇来扇去的巴掌。我想，我之所以会成为一个胆小鬼，跟我爸的巴掌有一种密不可分的关系。换句话说，我是被我爸的巴掌吓大的。我小时候做噩梦，经常会梦见我爸的巴掌，特别大，就像如来佛祖的巴掌那么大，一个跟斗十万八千里都逃不过去……

郝队终于听不下去了，他说："成人以后，犯过事儿没有？"

我知道，他问的是我有没有前科。并没有。我连红灯都不敢闯，还敢犯事？交通事故倒是有过一次。说来也巧，那个事情跟"巴掌"也有那么点儿关系。

那只是个小事故。我的三轮车跟一个路人的自行车发生了剐蹭，人没受伤，车子也没事。所以，重点不在于事故本身，而在于事故的处理过程。

对方是个中年男人，脾气很火暴。处理事故时，我们是这样协商的……

他说："你眼睛长屁股上了？"我说："你说话客气点儿！"他说："不客气就抽你了，信吗？"我说："不信。"我胆小怕事，一般不爱跟别人较劲，但是，我也有自尊心，碰巧那天我被经理臭骂了一通，心情不好，所以，当时我头脑一热就豁出去了。他说："你当我闹着玩儿呢，再说一遍，我抽你信不信？"我还是说："不信！"

他扣住了我的三轮车，又给了我一次机会让我改口，我还是没改口。然后，他给了我第三次机会、第四次机会、第五次机会……大概十分钟以后我才发现，如果我坚持不改口的话，他就会一直给我机会。所以，整件事情的关键不在于他动不动手，而在于我改不改口。我的自尊心降住了他，也降住了我自己。天已经黑了，围观的路人都觉得很无聊各回各家了，我也累了一天，又饿又渴，就在我快要坚持不住的时候，他突然用一句话把我降住了。

他说："我一巴掌把你拍墙上当画儿看，你信吗？"

他说要抽我，我感觉这只是个概念，但是他提到了巴掌，就有画面感了。当时我就惊着了，于是我跟他说："我信！"他居然笑了，莫名其妙。他笑，我也笑。我们都松了口气。然后，我们像熟人似的，相互摆了摆手，骑上车各奔东西。

你看，我好不容易发一次飙，结果还是认尿。

　　你可能觉得我是在东拉西扯，但是，我说这个故事也有用意。我的意思是，像我这样的人，就算借我八个胆子，也干不出什么违法乱纪的事情来。要不是那天晚上喝多了，要不是曹克……

　　再说说曹克吧。

　　虽然我们是室友，但是我跟他不算熟，是房屋中介硬把我们捏到一块儿的。他在搬家公司打工，也是卖苦力的，干的活跟我差不多，就是把东西搬来搬去。他比我大八岁，社会经验也比我丰富，经常倚老卖老，给我讲各种道理。其实，他像我一样没文化，学历甚至比我的还低，我好歹高中毕了业，他初中都没上完。但是他有很多道理。他说，文化和道理，有时候是一回事，有时候却是两回事，道理不是专门为文化人准备的，文化人也不一定都讲道理。

　　那天晚上，在我们准备出发的时候，曹克又给我讲了一些道理。在他看来，不是所有的偷盗行为都很可耻，也不是所有的盗贼都很可恶。为了说明这个道理，他提到了偷吃禁果的亚当和夏娃、盗取火种的普罗米修斯、偷灵丹奔月的嫦娥，也提到了借荆州不还的刘备、偷看别人信件的蒋干、盗御马的窦尔敦，还提到了鼓上蚤时迁、锦毛鼠白玉堂、燕子李三，他甚至提到了《碟中谍》里的伊森、《加勒比海盗》里的杰克、《神偷奶爸》里的小黄人……

　　事后回想起来，曹克说的好像都是一些屁话，什么乱七八糟的，不过我当时没这么想。可以说，在我醉意蒙眬的时候，他说的这些屁话就像酒精一样上头，它们迷惑了我也刺激了我，让我头昏脑涨、云里雾里，搞不清方向也看不清自己。如果再给我一次机会的话，我不会那么干了。不过，现在说什么都来不及了。

在曹克那天说过的所有屁话里，我印象最深刻的一句是："你是去拿回属于你自己的东西，你怕什么呀！"

这句话让我联想起了《英雄本色》里的小马哥，联想起了他那句铿锵有力、掷地有声的经典台词："我失去的东西，我一定要拿回来！"

这样的联想，让我心里忽然有一点点激动，我感到血性和尿性都回到了我的身体里。甚至，我还有了那么一丢丢接近豪迈的感觉，就好像我们不是要去干一件见不得人的事情，而是要去替天行道、除暴安良、行侠仗义。

就这样，我们趁着夜色，冒着大雨，豪迈地出发了……

小警察终于回来了。他带回了手机，还带回了一根数据线。

郝队很不满意："找一根数据线，花这么长时间？"

小警察说："能找着就不错了，就这部大嘴猴牌的手机，绝对是一朵奇葩！"

郝队摆了摆手："行了，快连上吧！"

手机连上了电视。电视挂在墙上，小警察按动遥控器，屏幕亮了——雨丝满屏，雨声如瀑……

我仿佛又回到了那个雨夜。我想，我注定逃不过那个噩梦一样的夜晚。

那是我有生以来见过的最大一场雨，就好像天塌了似的。

雨太大了，风也特别大。我坐在曹克的摩托车后座上，密集的雨点仗着风势横扫过来，就像是一颗颗子弹打在我脸上，阵阵生疼。这不禁让我想起了那一首跟我年龄差不多大的励志老歌："他说风雨中这点痛算什么，擦干泪，不要怕，至少我们还有梦……"

天气预报上说，这是一场五十年不遇的暴雨。好像所有人都被气象台发出的橙色预警吓坏了，一个个都跟胆小鬼似的躲了起来，不敢出门。但是，我们不怕，因为我们有梦！

回想起来，那天晚上的经历确实很像是一场梦游，一切都那么不真实，却又真实地发生在我们身上。

那场暴雨让马路不再拥堵，显得很空旷，它也让我们的行程显得畅快淋漓。我们在宽阔的街道上劈风斩雨，一路狂奔，很快就到达了目的地。

夜黑得像墨水一样。雨幕下的安达家园就像是一座鬼城，到处看不见人影，也看不到灯光，只有悬挂在售楼处房顶上的巨幅广告在狂风暴雨中唰唰作响。广告上的标语提醒了我们，这是一个"梦开始的地方"。

曹克减缓了车速，四面八方观察了一阵，把摩托车停在了小区外面。然后，我们就像两个幽灵一样，蹑手蹑脚地摸进了小区。

　　电梯关了，我们只好爬楼梯。楼梯里没有灯，黑乎乎的。曹克打开手机，手机微弱的光亮照出了台阶，也照出了墙上那两个鬼鬼祟祟的人影。楼梯很窄，我们能听到自己的呼吸声，也能听到自己的脚步声。在呼哧呼哧的喘息声和窸窸窣窣的脚步声中，我们爬上了九楼。

　　一切看上去都很顺利。唯一的麻烦就是那个该死的样板房又上了锁。不过，曹克告诉我他有办法，他说他有一门家传手艺，恰好就是修锁。他以前当过锁匠，所以他对各种锁的构造了如指掌，拿下它应该不成问题。

　　曹克鼓捣门锁的时候，我的任务就是在楼道里望风。

　　楼道里没灯，一片漆黑。四周很静，只有曹克鼓捣门锁时发出的细碎响声。我晕晕乎乎地站着，酒精在血液里流窜，脑袋里好像有团棉花，又好像是糨糊，总之，我感觉肩膀上扛的好像不是一个脑袋，而是一个西瓜，或者是一袋大米。直到楼道里突然吹过来一阵冷风，我打了个寒战，我才感觉好了一点儿……

　　我被打回了原形。我发现自己仍然是个胆小鬼。我突然又明白了一个道理：喝多了以后，我可能会把内裤穿在外面，但是我绝无可能成为超人。

　　当我看清了自己以后，我决定终止这项行动。我认为这样的行动太疯狂了，简直是不可思议。幸好我及时清醒过来，现在取消行动还来得及。我想我们应该回家好好睡一觉，等我们睡醒了以后，也许能想出更好的办法来解决这件事情。

我上去推了推曹克："算了，别弄了！"

他背对着我，头也不回："你等会儿，就快好了！"

我拉他一把："别弄了，咱们走吧！"

他甩开了我："干吗呀，别捣乱！"

我说："我不想干了！"

他说："怕了？"

我说："啊。"

他说："来不及了！"

我当时就急了："你走不走？你不走，我走！"

他无动于衷："你走吧！"

我说："我真走了？"

他说："不送！"

我拔腿就走了。我装作很坚决的样子。我以为他会追我，但是他居然没追。这让我有点儿尴尬。我又退了回去。我想，如果我只顾自己而把他一个人扔下，好像显得我太不仗义。虽然我是个胆小鬼，但起码的义气我还是有的。

曹克还在那儿鼓捣，门把手已经被他鼓捣歪了。我抓住门把手，不让他动。他抓住我的手，想把我拉开。我们就像拔河一样，你来我往，暗暗较劲……

突然，"啪"的一声，门把手掉了下来，被我握在手里。

我当时就傻了，曹克却笑了。

他说："行啊你！看来，这年头不会撬锁，都不好意思说自己是送快递的！"

他轻轻一推，房门就开了。他把我挤开，走进了屋里。我只好跟了进去。

屋子里同样很黑，什么都看不见，但是我们也不敢开灯。曹克关好了房门，打开手机，手机亮了一下，突然又灭了。

他说："我手机没电了，把你的手机给我。"

我掏出了手机，犹犹豫豫。他一把夺了过去，打开手机，四处照了照。

电视还在，仍然安放在电视柜上，但是我惊呆了……

手机的光很微弱，不过我还是能看清，整个电视屏幕都已经碎了，上面的裂痕像蜘蛛网一样，密密麻麻，触目惊心。

我当即脑补了一下那个场景——我站在门口，只听到屋里一阵叮当乱响……我想，我好像明白了什么。

我说："靠！我说他们怎么不认账呢，原来他们把电视打坏了！"

曹克好像蒙圈了，他像个傻子一样，看了看电视，又看了看我。

他说："拿吗？"

我气不打一处来："尼玛！还拿个屁呀，拿走你给修啊！"

他好像并不甘心："那咱们也不能白来一趟啊！"

我还在生闷气，曹克已经走开了，举着手机照向四周。

我当然知道他想干什么，他在找值钱的东西。虽然我也很想那么干，但是，我下不了决心。而且，一眼看去，别的东西好像也拿不走，难道要把空调拆了，或者把衣柜搬走，又或者把我喜欢的那张床抬走？

我认为，我们最应该做的事情，就是立马掉头走人。不过，当时让我纠结的还有一件事情，弄坏的门锁怎么办？曹克还能不能想办法把它装上……

突然，曹克好像听到了什么动静，他蹲了下来，关掉了手机。我也下意识地蹲了下来，然后我听到了一阵汽车的马达声，马达声越来越近。

我们猫着腰走到窗口。窗户是敞开的，我们悄悄探出脑袋，看到一辆黑色的轿车亮着大灯穿过雨幕开了过来，最后停在楼底下的那片空地上。

车门被打开了，有人跳了出来。虽然我们相隔九层楼，又有重重雨幕阻挡视线，但我还是借着汽车大灯射出的两道光柱，看清了那个人的样子。

我跟他有过节。他就是化成灰，我也认识。

他就是沈默！

沈默率先下车，然后是大庄和小刀……最后是周正。

周正仍然人模狗样。他看上去像是喝多了，踉踉跄跄的，几乎走不成直线。三个马仔搀扶着他，撑着伞，晃着手电筒，歪歪扭扭地向楼门口走来。

我紧张起来，不寒而栗。

知道什么叫做贼心虚吗？我个人的体会是，当你做一件见不得光的事情时，你会感觉周围都是眼睛，就好像所有人都是冲着你来的。

突然，又一阵马达声传来。一辆出租车飞快地开了过来，一直开到楼底下，贴墙停靠。车门被打开，有人跳了出来，挡住了周正和马仔们的去路。

周正吓了一跳，脚下一滑，差点儿摔倒，马仔们一个个也都很慌乱。不过，他们很快镇定了下来，举起手电筒，照向那个人。虽然我看不见那个人的正脸，但是我也知道他是谁。深蓝色的工服……

他就是许本昌！

许本昌真是一个执拗的人。不过，他的执拗让我有了一种不祥的预感。

许本昌说了几句话，周正也说了几句话。雨声太大，我听不清他们说的什么。然后，周正好像很不耐烦，向马仔们做了个手势，马仔们扑了上去……

接下来的情形，几乎就是白天的那一场戏的重播。只不过场景从楼道和电梯里换成了雨地，马仔们出手也比白天更加凶狠。

摇曳的雨幕中，人影晃动，拳脚纷飞。马仔们大打出手，许本昌惨叫不已。

我扭头看看曹克……

在这个乱作一团的时刻，你猜他在干什么？

他居然在用我的手机拍摄视频。我都紧张得要尿了，他却显得很亢奋。他抓着手机，死死地盯住手机屏幕，就好像在聚精会神地观看一场动作电影。

我低声对他说："别拍了，快走吧！"

他冲我"嘘"了一声，继续盯着手机。

我又看了看楼下。许本昌已经被他们制住了，动弹不得，嘴里却叫骂不止。他的声音太大了，连我都能听清他在喊什么。

他说："你们不让我安生，你们也别想有一天安生，我要跟你们拼到底……周正，王八蛋，有种你别走！"

周正已经走进了楼门，但是他突然转身又回到了雨中，一记重拳击向许本昌的面门，许本昌跌倒在地上。周正扭头就走。我当时也以为许本昌已经被打服了，没想到他很快就爬了起来，突然扑了上去，一下就把周正扑倒在泥泞的雨地里。周正的西装都湿了，像块尿布，眼镜也飞了出去，样子很狼狈，也很滑稽。

小刀和大庄抓住了许本昌，沈默扶起了周正。周正起身找眼镜。他的眼镜落在旁边的一堆建筑垃圾上。捡起眼镜的同时，他从垃圾堆里拔出了一根棍子。棍子很粗，有半米多长。后来我才知道，那是半截钢筋。

许本昌还在跟马仔们撕扯。周正冲了上去，抢起钢筋，马仔们下意识地闪开，许本昌想要躲闪却已经来不及……

我的天哪！

这个场景后来在我梦里出现了无数次，我真希望这只是个梦，但是……

周正可能用尽了全身的力气，他的动作就像在打棒球一样，钢筋自下而上，划出一道诡异的弧线，准确地击中了许本昌的脑袋。许本昌就像一棵被砍倒的树，一声不吭，直挺挺地躺在了地上。

我的脑袋好像也被钢筋击中了，耳朵里"嗡"的一声，然后我又听到"当"的一声，是钢筋掉在地上的声音。

周正站在那儿，用力地晃了晃脑袋，好像刚刚清醒过来。

我看看曹克，曹克也看看我。他和我一样震惊，目瞪口呆。曹克扭过头去，抓着手机继续拍摄。我也扭头，继续关注楼底下的情形。

周正和马仔们呆若木鸡，全都站桩似的一动不动。

终于有人动了，这个人就是沈默。他上去看了看许本昌，用手轻轻推了推，又把手伸到许本昌的鼻孔旁，很快，他像触电一样，缩回了手。

大庄和小刀凑了上去，他们的反应和沈默差不多。然后，他们嘀嘀咕咕，好像在商量什么，声音太小，我听不清，但是我猜他们商量的结果是把许本昌送去医院。我想，这应该是所有正常人的正常反应……

他们正要抬起许本昌的时候，周正突然做出了他的第一个反应："都别动！"

周正的声音很大，口气也很严厉，吓得我浑身一颤，不敢再动。

马仔们也都不动了，扭头看着周正。

周正没说话，好像还在犹豫。他低头犹豫了一会儿，忽然抬头向四周张望。我知道他在找什么，但是，我不确定他要干什么。当我意识到他可能会干什么的时候，我感到很恐怖，前所未有的恐怖！

我被这种恐怖镇住了，全身僵硬，感觉自己都不会动了。

幸亏曹克还能动。在周正的目光扫到我们之前，曹克一把拉住我，顺着墙根蹲了下来。

我的心脏跳得太快了，简直无法呼吸。曹克比我好不到哪儿去，我能感觉到他抓着我胳膊的手一直在哆嗦。

我说："他看见咱们了吗？"

他说："不知道。"

我说："咱们怎么办？"

他说："不知道。"

我说："咱们要不要跑？"

他说："不知道。"

我不说话了，他也没吭声。我们就这样一直蹲着，不知道接下来该干什么。

突然，曹克站了起来。我也想站起来，但我感觉腿是软的，根本使不上劲。他猫着腰走过去，把房门拉开一道小缝，只是一道小缝，外面的动静就涌了进来，我听到楼梯口的方向传来一阵轰隆轰隆的脚步声。

脚步声冲上楼道，直冲我们而来，越来越近……曹克慌慌张张地关上房门，又慌慌张张地找来一把椅子抵住房门，然后退到窗口，向窗户外面看了看。

他说："爬窗户，去隔壁！"

曹克爬上了窗台。我一咬牙，也站了起来……

脚步声来到了门口，却一刻不停地从门口穿了过去，径直奔向了隔壁。

我们都愣住了，不过也松了口气。曹克小心翼翼地跳下窗台，又走了几步，贴着房门偷听外面的动静。我发现自己的手机被他落在了窗台上。我抓起手机，顺势向楼底下看了一眼。

小刀和大庄不见了，但是，周正和沈默还在那里。他们合力抬起了许本昌，就像抬着一个重重的麻袋，向靠墙停放的那辆出租车缓慢地移动。

身后突然传来细微的动静，我连忙扭头，看到曹克向我走来。他走了几步，突然站住，眼睛睁得很大，表情极其可怕，他盯着我身后，就像是看见鬼了！

我被吓住了，毛骨悚然，下意识地回头……

窗外有人，一张人脸近在眼前！

我认得那张人脸，那是高丽丽鬼一样惨白的脸庞！

　　我几乎吓尿的同时，听到了高丽丽恐怖的尖叫声！

　　她的嘴张得很大，张开的双手在我面前挥舞了一下，像是要抓住我的脑袋。但是她没抓到，差之毫厘，细长的指尖从我眼前倏地划过，紧接着她的身体失去平衡，重心向后，一下子仰翻过去。我本能地伸手去拉她，却只抓住了她的领口。领口绷开了，一颗纽扣弹出一道弧线，打在我的脸上，又掉到了地上。我的手机同时脱手，掉出窗外，和高丽丽一起腾空下坠，刹那间从窗口消失。

　　就这样，我眼睁睁地看着高丽丽摔下楼……

　　楼底下是周正和沈默。他们刚刚把许本昌抬到出租车旁，突然看到一个人影从天而降，"砰"的一声，重重地砸在他们面前的汽车顶上，汽车顶棚完全瘪了下去，车窗碎片四处飞溅，汽车报警器哇啦哇啦一阵乱响……

　　周正和沈默都被吓蒙了。他们扔下了许本昌，一屁股坐在地上。

　　我也被吓蒙了。在我灵魂出窍的时候，我居然看到了自己的手机，它落在三楼窗户外面的空调架上，不偏不倚地插在一道狭小的缝隙里。

　　曹克过来了。他探头看看楼下，趁周正和沈默还没回过神来，拉了我一把，把我拉回到了屋里。

　　我们又蹲了下来。

　　我们蹲了一会儿，听到隔壁窗口传来了动静，小刀和大庄嘀嘀咕咕不知道在说什么，然后他们的声音又消失了。接着我们又听到他们从隔壁的样板房里跑了出去，穿过楼道，奔向楼梯，轰隆轰隆地下楼去了。

危险似乎解除了。曹克把我拉起来的时候，我仍然有点儿蒙。

我说："我手机掉下去了。"

他说："别管它了，快跑吧！"

我们跑出样板房，穿过楼道，跑到了楼梯口。

从楼梯转角的缝隙里，我们能看到晃动的手电筒。从手电筒的位置来判断，小刀和大庄好像已经下到了二楼。

我们听到了小刀的声音，他好像在给谁打电话："我们没动她，是她自己，她怕咱们灭口，自己爬窗户……"

电话里的人好像说了什么，小刀突然叫了一声："大庄，赶紧掉头，上楼！"

大庄的声音："怎么了？"

小刀的声音："周总说，那女的衣服让人撕了，楼上好像还有人！"

他们上楼了，来势汹汹。我们掉头就跑，跑回了楼道里。

我们慌不择路，在楼道里跑来跑去，才发现无路可逃，也无处藏身……

最后，我们在电梯口停了下来。曹克很机智，他忽然用手指抠住电梯门缝，使出了吃奶的力气。刚开始我还有点儿发蒙，但是，我很快就明白了他想干什么，连忙上去帮忙。我们一左一右，同时发力，终于扒开了电梯门。

电梯井里阴森森、凉飕飕的，隐约可以看到电梯轿厢停在底层。

楼梯上的脚步声越来越近，我们几乎能听到小刀和大庄凶狠的喘息声。

曹克纵身一跃，牢牢地抓住了电梯井里的牵引缆绳，身体悬空，双手使劲，一段一段地向下溜。我紧随其后，跳进了电梯井道，抓住了缆绳。

就在我跳进电梯井道的那一刻，我听到小刀和大庄的脚步声冲上了楼道，一刻不停地往样板房的方向奔去。

我和曹克一上一下，就像拴在一根缆绳上的两只蚂蚱，在漆黑的电梯井道里慢慢向下滑落。我的衣服曾经被雨淋湿过，后来又干了，现在又被汗水浸透了。在我几乎坚持不住的时候，我们终于垂降到底，双脚踩在了电梯轿厢的顶端。

我看着曹克。曹克也和我一样，满头大汗，气喘如牛。

突然，我们脚下的电梯厢里亮起了灯光。有人走进了电梯。我们看不见人，但是听得到他们说话。

周正和沈默！

我们惊住了，屏住呼吸，蹲在电梯顶上，不敢发出一丝响动。

"轰"的一声，电梯突然开动起来，托着我们，高速向上运行。

我告诉你，乘电梯的时候你可能会抱怨电梯的运行速度太慢，但是站在电梯顶上的时候感觉会完全不一样。我形容不出那种感觉……总之，那是一种生死时速！

　　我抬起头，眼睁睁地看着自己离电梯井顶端越来越近，也许用不了半分钟，我们就会被压成肉饼……

　　在这个绝望到顶的时刻，仍然是曹克先做出反应，他跳向了井壁，然后死死抠住墙上突出的抓手。在电梯即将冲顶的时候，我也像曹克那样奋力地扑向井壁，身体紧紧地贴在冰冷的水泥墙上。我能感觉到电梯轿厢贴着我的后背一掠而过，在我的头顶戛然而止。

　　我们又像两只壁虎一样，在井壁上挂了一会儿。我们听到了头顶的脚步声，判断周正和沈默走出了电梯。喘息了一会儿，我们再一次扑向电梯厢底的缆绳，继续向下滑落。虽然已经筋疲力尽，但是我们不得不坚持到底。

　　"轰"的一声，电梯突然又启动了，高速下降，向我们的头顶压迫而来。眼看着电梯井的底端距离我们越来越近，我们不得不再一次跳向了井壁。电梯厢掠过了我们的后背，停在了楼底。我们悬挂在井壁上，魂飞魄散。

　　当电梯没有任何动静之后，我们踩在轿厢顶上，扒开了电梯门……

　　我们逃进了地下车库。

　　我们逃出了安达家园。

　　我们骑上了摩托车，在暴雨中狂奔。

　　我们就像两只疯狂的老鼠一样，穿过空寂的街道，逃往生命的彼岸。

　　我们回到了出租屋。

刚进门，我们就瘫了，就像是糊不上墙的两坨烂泥。我们一句话都不想说，也不想动弹，只顾着喘息，大口大口地喘息……

大概半个小时之后，我才感觉到自己的魂魄又回到了身体里。我定了定神，然后我觉得自己好像应该干点儿什么，于是我向曹克伸出了手。

我说："把你手机给我！"

他说："我手机没电了。"

我说："快充电！"

他说："你要干吗？"

我说："报警！"

曹克就像屁股被针扎了一样一下子跳了起来。

他说："报什么警？"

我说："你说报什么警？"

他说："你先冷静一下！"

我说："我已经很冷静了！"

他看着我，眼神很奇怪，就像在看一个陌生人。

他说："报警……你跟警察说什么？"

我说："就说有人杀人了！"

他说："警察如果问你怎么知道的，你怎么说？"

我说："我亲眼看见的，你也看见了。"

他装得像个警察一样，继续盘问。

他说："你在哪儿看见的？"

我说："我在现场看见的。"

他说："现场在哪儿？"

我说："安达家园。"

他说："说具体了！"

我说："一号楼，九层，一号样板房。"

他说："大半夜的，你去样板房干什么？"

这个问题真的把我问住了，但我还是硬起了头皮。

我说："我是去拿……拿回自己的东西。"

他说："拿？那叫偷好吗，说你是法盲你还不服！"

我说："不是你说的吗，拿别人的东西才叫偷……"

他说："我开玩笑的好吗！我说什么你都信，我说我是阿拉伯王子，你信不信？你是不是傻呀！"

我真的傻了，被他噎得说不出话来。

他说："对警察来说，这就叫入室盗窃！这是犯罪，你知道吗？"

我傻傻地看着他，不知道嘴在哪儿，就算知道嘴在哪儿，也不知道说什么才好。

他说："盗窃罪是要判刑的，至少判几年，你知道吗？你他娘的还敢报警！你这是作死的节奏，你知道吗？"

我终于想起来该说什么了："我们什么都没偷，怕什么呢？"

他说："门都被你撬了，管你偷没偷，犯罪未遂也是要坐牢的！"

坐牢？我被他吓住了。

他说："坐牢，你愿意吗？"

我没吭声。

他又说："反正我不愿意！"

我也不愿意。我好像说过，我和袁丹已经到了讨论买房结婚的阶段。我想，我要是坐牢就完蛋了，婚肯定结不成了，我爸也饶不了我，说不定他一怒之下，会趁探监的机会把我的腿打折。

我对坐牢的认知全部来自电影和电视剧，比如《监狱风云》《越狱》……监狱给我的印象好像就是牢头狱霸，打打杀杀，腥风血雨。我想，像我这样的胆小鬼进了监狱，能活着走出来就算是命大。

我完全被吓住了。曹克让我感觉到自己真的很蠢，报警的确是作死。要不是他提醒，我差点儿自投罗网。

曹克仍然瞪着我。我都被吓傻了，他却好像松了口气。

他说："今天晚上，咱们哪儿都没去过，一直在屋里待着，什么都不知道，什么也没看见……不管是谁来问，都是这个话，记住了吗？"

我没说话。

他大声地问我："记住了吗？"

我低声回答："记住了。"

闷了一会儿，我忽然又想起来一件事情，我觉得有必要提醒一下曹克。

　　我说："我手机还落在那儿。"

　　他说："不要了，回头我送你一部。"

　　我说："我手机里有视频，那是他们杀人的证据，也是咱俩在场的证据！"

　　曹克愣住了。他干瞪着眼睛，半天都没说话……

第三章

手机里的视频播放完了。

雪花点密密麻麻地在电视屏幕上闪烁不定。

我看了看小警察。小警察很震惊，目瞪口呆。

郝队长还是那么淡定，不愧是个见多识广的老警察。他不动声色地看着我，眼神里隐隐约约有些怀疑。

他在怀疑什么？

视频并不长，三分多钟。他们倒来倒去，反反复复，看了一遍又一遍：漫天雨雾中，马仔们抓住许本昌，周正冲了上去，抡起了钢筋，钢筋自下而上，划出一道诡异的弧线，许本昌一声不吭，砰然倒地……

虽然我的手机像素不高，光线也暗，但是，如果熟悉周正和他的几个马仔，应该能认得出他们的样子，至少也能分辨出他们的轮廓。

　　我以前在电视上看过一些案件纪实节目，警察们经常通过视频侦查来破案。他们很仔细，任何细节都逃不过他们的法眼，再模糊的影子，他们也能根据体型和步态来分析特征，然后通过技术手段进行追踪，一步步锁定嫌疑人，顺藤摸瓜，直到抓获凶手……看电视的时候我心里就在想，这些节目虽然彰显了警察的威武，但是也提醒了坏人犯案的时候要注意什么，比如戴上头套或者装成瘸子。

　　我想，这段手机视频已经充分证明了我的说法，许本昌就是被周正杀死的，马仔们是帮凶。有了这段视频，即使是周正，也不能否认自己到底做过什么。

　　但是，高丽丽呢？

　　我心头一紧。视频里根本没有高丽丽的影子，警察会相信我吗？

　　我又重温了一遍自己的说法：曹克走过来，我回头，窗外有人，是高丽丽，我吓了一跳，她也吓了一跳，她伸手抓我，没抓到，仰身向后倒，我伸手抓她，也没抓到，只扯破了她的衣领，然后，我眼睁睁地看着她摔下楼去……

　　我的故事有什么破绽吗？

　　我想，警察应该会相信我。但是，如果他们不相信呢？结果又会怎样……

　　我的天哪，太可怕了！

　　现在，我想尿尿了。这不仅是一种心理上的感觉，而且是一种生理上的需求。我忍了一下，好像忍不住了。我觉得，如果在警察面前尿裤子，那就不好了。

我说："我想尿尿！"

郝队没听清似的："什么？"

我换了个说法："小便，我要小便！"

被别人盯着尿尿，真是一种奇怪的感觉。小时候，我当然有过这样的经历。自从脱掉了开裆裤以后，我就再也没有遭遇过这样尴尬的状况。小警察站在我身旁，严肃而警惕地看着我，生怕我从小便池的下水口溜走似的。我的膀胱都要炸了，就是尿不出来。小警察好像也有点儿尴尬，把视线稍稍移开，我才感觉好了一些。我心里暗暗嘘了一阵，终于尿了出来，开始是一点点，然后就一发而不可收。

我看着小便池，忽然又想起了袁丹。袁丹和小便池当然没有任何关系，有关系的是我人生中的第一句爱情誓言就写在城乡接合部的一间公共厕所里，就在小便池上面的墙上，歪歪扭扭的四个小字：我爱袁丹！

这句誓言早就不在那儿了，因为我很快又把它擦掉了。最开始我是有些冲动，后来我想想又觉得把心爱女孩的名字写在厕所里，好像是对她的一种亵渎……

小警察当然不知道我在想什么，谁会在臭烘烘的厕所里缅怀爱情呢？

他说："尿完了吗？尿完了走吧！"

我们回到那间屋子的时候，郝队正在打电话。

郝队对着他的手机说："多派几个人，去二号样板房看看。"

手机里的人说了什么之后，郝队又说："不是一号，是二号，就在一号隔壁。"

他正要挂电话，忽然又想起什么，继续说："还有电梯井道，也要进去看看，没错，就是电梯井道，眼睛都瞪大了，仔细点儿！"

我也希望他们仔细点儿。如果他们下到电梯井底，也许能找到我丢的东西。我忘了告诉你，在电梯井里跳来跳去的时候，我又掉了一件东西，一个玉观音，本来戴在我脖子上的。那是我妈给我的护身符，后来我一直没机会把它找回来。

我坐下来的时候，郝队也打完了电话。他收起手机，扭头看着我。

他说："那天晚上，你们回去找过手机？"

我说："没有，胆都被吓破了，还敢回去？我们洗洗就睡了。"

小警察插话："睡得着吗？"

我摇了摇头："睡不着！"

那是我有生以来最漫长的一个夜晚，就好像每一分钟都有一万多秒似的，极其漫长。

我关了灯，躺在小床上，听着窗外哗啦哗啦的风雨声，就像一张烙饼似的，翻来覆去。我的脑袋开始是木的，就好像电脑死机了那样，完全没有办法思考。如果当时你问我一加一等于几，我可能需要半个多小时才能告诉你答案。后来，我又像重启了一样，恢复了一点点思考能力，但是我的脑袋里好像有一堆乱码，根本理不出头绪。终于理出了头绪之后，我开始想一些奇怪的问题……

按照我以前的习惯，遇到问题的时候，我会在第一时间打开手机问问百度，但是我的手机丢了。即使手机还在身边，我想，万能的"度娘"也帮不上任何忙，它根本解决不了缠绕在我心里的那些问题。

第一个问题，高丽丽为什么会突然出现？

我想了很长时间，终于想出了答案。你可能还记得高丽丽和周正的那桩"生意"，周正还提醒过她要低调。我想，他们说好的交易时间应该就是那个倒霉的夜晚，而交易地点应该就在二号样板房里面，只不过，许本昌的出现搅黄了他们的"生意"，高丽丽甚至丢掉了性命。至于她为什么要冒险爬窗户逃跑，我想，这应该是一种求生的本能反应、一个万不得已的决定，就像曹克和我本来也打算那样做一样。

第二个问题，周正到底干了些什么，许本昌为什么不依不饶？

我当然知道他们之间有纠纷，但是，仅仅是拆迁纠纷吗？事情好像并不是那么简单。许本昌看上去忠厚老实，一点儿也不像是个泼皮无赖，他三番五次地找周正理论，情绪如此激动，一定是还有什么别的原因。总之，我觉得其中好像另有隐情，但具体是什么，无论如何我也猜不出来。

第三个问题，周正和他的马仔们怎么收场，他们能瞒得过去吗？

两条人命，说瞒就能瞒吗？我当然不希望他们逍遥法外，但是，以自己坐牢为代价来揭发他们的罪行，我也没那么勇敢。杀敌一千，自损八百，我下不了决心。我成什么了，人体炸弹？我想，警察应该会有办法，也许警察根本不需要我们帮忙就能把他们办了。这样想的时候，我心里才稍微安定了一些。

我忽然又想起了许可。

在这个夜晚，许可在干什么？也许她已经睡着了，也许还在等她爸爸回家。她迟早会知道她爸爸再也不能回家了，她一定会很痛苦，然后呢，她会怎么样？如果我以后有机会再遇见她，我是不是应该说点儿什么或者干点儿什么，但是，我又能说点儿什么，干点儿什么呢……

我想来想去，想不出个所以然来。于是我决定搁置所有的问题，先睡一觉再说。我是真的累成狗，也困成狗了，但是我根本睡不着，于是我又开始思考人生。

对于一个死里逃生的人来说，最容易联想到的一个话题，就是死亡。

四岁的时候，我第一次看见有人死亡，那个人就是我爷爷。他生病的时候，我去看过他几次，我发现他好像很痛苦，但是他看见我以后，脸上又有了笑容。最后一次，他看上去好像没有那么痛苦了，但是他的脸上也没有了笑容，而且，他好像不记得我是谁了……后来他就死了。我问过我爸："人死了，是什么感觉？"我爸告诉我："人死了，就什么感觉都没有了。"我又问："人为什么会死呢？"我爸说："人都是会死的。"但是，他并没有告诉我为什么。

上学以后，我才渐渐明白，人是一种生命体，生命都是有周期的，生老病死是一种自然界的规律。当我明白了这个道理以后，我的一个小伙伴又突然死了。他是在游泳时被河水卷走的，过了好几天，有人在很远的地方发现了他的尸体，听说他已经被水泡得不成人样了。我当时就被吓坏了。他是我小时候最好的朋友，我们一起上学，一起放学，一起玩耍，一起写作业，好端端的，他怎么死了呢？我想，人死了就什么感觉都没有了，还是活着比较好。

但是，当我被各种功课折磨得痛不欲生的时候，我又想，既然所有的人最终都是要死的，为什么我们要活着呢？既然我们活着，为什么不活得轻松一点儿，非要给自己找一个目标或者理想，自己折磨自己呢？

可以说，在我的整个青春期里，这样的问题一直在困扰着我。

有一次，为了开一个没完没了的根号，我头痛欲裂，恨不能把自己吊死在那个根号上。第二天，我去问班主任："人为什么要活着？"班主任是教语文的，我语文成绩不错，所以她一直对我很好。她说："人是为了活着而活着，因为活着是一种本能。"她还告诉我，"不要为活着以外的任何事情而活着。"

这些话简直太深奥了，我一直都似懂非懂，不过我想，她的话好像有道理。我想，不管怎样，我们都应该好好活着。

当我进了城，开始自食其力以后，我才知道，活着本身是一件多么不容易的事情。我还发现，人们好像不只是为了活着而活着，也为了许多活着以外的事情而活着。人们活着的目标各不相同，活法自然也千差万别。

当上快递员之前，我当过几天的群众演员。当群众演员之前，我还在一个建筑工地上干过活，但是没几天我就不干了，一是因为太累了，二是因为那场事故。事情很简单，有个工友从脚手架上摔了下来，还没等送到医院人就已经咽气了。如果我只是听说这样的消息，我可能没有多大感觉，但我是亲眼看见他摔下来，看着他咽气的，那种感觉和上网看新闻的感觉完全不一样。第二天，我也看了新闻，新闻里就四百来字，只说工地上死了一名工人，连他的名字都没提。我心里想，无论如何，那也是一条人命啊，怎么就四百来字？

后来，我在新闻里见得多了，地震、海啸、矿难、空难、车祸、火灾、凶杀……各种死法，有人死于天灾，有人死于人祸。我想，为什么有些人要好好活着，却不让别人好好活着？

不管怎样，见得多了，我也渐渐麻木了。在我眼里，死亡好像变成了一件很平常的事情。现在，我麻木的神经又受到了强烈的刺激。我不仅亲眼见证了两个人的死亡，而且自己也差点儿没能活着走出那个阴森恐怖的地方。这样的刺激，让我在很长一段时间内都没能缓过神来。

　　临睡前，曹克再三叮嘱我保持沉默，就当什么都没看见，别给自己找麻烦。但是，我真的能做到吗？我真的能当一切都没发生过吗？我和许本昌只见过两次，和高丽丽也没见过几次，几乎连话都没说过一句，他们好像跟我没有任何关系，但是，他们毕竟是在我的面前死去的。这是我有生以来距离死亡最近的一段经历，我也很想忘掉这一切，但我总是会想起许本昌和高丽丽。我睁着眼，他们的面孔就在我的眼前晃动，我闭上眼，他们又跳进我的脑袋里继续晃……

　　就这样，整个晚上我都在胡思乱想。有那么一会儿我像是睡着了，但是大部分时间我都感觉自己醒着。半睡半醒的，迷迷糊糊，不知道过了多久，我听到窗外的雨声停了，微弱的光从窗户透了进来……

　　天亮的时候，曹克来找我了。他也没睡好，眼圈黑黑的，像个熊猫。

　　他说："走吧！"

　　我说："去哪儿？"

　　他说："安达家园！"

　　安达家园？

　　我心里颤了一下。我想，我这辈子也不敢再去那个噩梦一样的地方了。

　　我说："干吗去，作死啊？"

　　他说："找手机去！"

　　我自己都快忘了，但是他一直惦记着我的手机。

曹克的担心很有道理。他说手机落在那个空调架上，小区也没有人入住，看上去好像不易察觉，但是它迟早会被人发现的。而最有可能发现它的，当然是周正和他的马仔们，毕竟那儿是他们的地盘。周正也许会让他的马仔们检查现场，检查每一个角落，如果他们足够仔细的话，就能发现手机。如果手机落到他们手里，他们就会看到那段视频，然后他们会想尽一切办法找到手机的主人，再然后……

我又被吓尿了。

当然了，这些只是曹克的猜测。我们宁愿相信手机还乖乖地待在原地，我们也向老天爷祈祷它不会被人发现。但是，无论如何，我们必须尽快把它找回来。

虽然胆战心惊，但我们还是决定冒险。在我看来，手机就像一颗定时炸弹，拆，可能会有危险，但是，不拆的话，它一定会爆炸。

出发之前，曹克忽然又想起一件事情。他担心有人会给我打电话，手机一响，跟炸雷似的，一定会被人发现。为了防止这样的事情发生，曹克让我用他的手机给我能想到的所有人打一圈电话，告诉他们我把手机弄丢了，叮嘱他们千万不要给我打电话，也千万不要接听从我手机里拨出的电话，以免上当受骗。

我按他说的那样做了。

我先给我们经理打了电话，顺便请了个假。经理问我是不是不想干了，我说我还想干，但是我生病了，病得快要死了。"生病"当然是在撒谎，"快要死了"却是实话，至少是我当时的真实状况。

然后，我又给袁丹打了电话，她只说了一个字——猪，就挂了电话。

我也给家里打了个电话，我妈问我身体怎么样，工作辛不辛苦，我真的很想跟她诉诉苦，但现在不是时候，我没有时间跟她废话，敷衍两句就挂了。

最后，我还给几个朋友打了电话。幸亏我朋友不多，幸亏通信录还有备份，不然还真麻烦。

打完了电话，我还有点儿担心，担心那些莫名其妙的骚扰电话的来袭，比如电话销售或者电信诈骗。我想，我比以往任何时候都更讨厌它们。不过我也没有办法。我想活着，它们也得活着。

我们出发了。

我们又来到了安达家园。

小区门口停了几辆警车，看见警车我的腿又软了。我以为我最怕看见周正和他的马仔们，没想到看见警察我也紧张。

曹克刚开始也有点儿慌乱，但是他的心理素质比我强，很快就恢复了平静。

他说："镇定，他们不知道咱们是谁，别自己吓唬自己！"

我定了定神，硬着头皮，跟着曹克走进了小区。

楼底下拉起了警戒线，警戒线外面有很多人在围观，人头攒动，议论纷纷。我们混在人群中，像事不关己的路人一样，观望着里面的情况。

现场有很多警察。有人站着，举着相机拍照；有人蹲着，好像在地上找什么东西；有人在维持秩序，大声嚷嚷着驱赶围观群众，禁止人们用手机拍照……我们跟随着人潮后退了几步，又不由自主地拥了上去。

雨早就停了，地上还有一些积水。那辆顶棚被砸坏的出租车仍然趴在原地。许本昌和高丽丽躺在裹尸袋里，面无血色，浑身湿透。当我注意到高丽丽残破的衣领时，我的手指本能地抽搐了一下。

我突然看见了许可！

许可站在一个角落里，一个女警察陪在她身旁。许可的眼睛好像都哭肿了，身体一直在微微颤抖，如果不是有人搀着，她可能早就瘫倒在地了。医务人员把两具尸体抬走时，许可突然扑了上去，但是，那个女警察死死地把她拉住了。她瞪着一双泪眼，眼睁睁地看着她爸被抬上了运尸车，再眼睁睁地看着运尸车开走了。

看到许可痛不欲生的样子，我心里也难受极了。不仅是同情，而且还有一些别的感觉，具体是什么感觉，我也说不清楚。

曹克突然拉了我一下，把嘴凑到了我的耳边，说话跟吹气似的。

他说："你手机呢，在哪儿？"

我抬起头来，向三楼的窗口看去。窗外的空调架上，隐约露出了手机的一角，只是小小的一角！它藏得很隐蔽，如果我不知道它在那儿，也不熟悉自己的手机，就这么一眼看过去，也许我什么都看不见。

我抬起眼睛，视线向上，直达九楼窗口，我忽然又紧张起来……

　　一号样板房里也有警察，看不见有多少人，只能看到窗户里面有人影晃动。有个警察从窗口探出脑袋，向楼下俯瞰。我以为他能看见我的手机，但是，他好像什么都没发现，又把脑袋缩了回去。

　　我看看楼门口，几个警察守在那儿，拒人于千里之外。你知道这意味着什么，这意味着我能看见自己的手机，却拿不回来。也许我们可以跟警察说明情况，请求他们通融一下，但是，这跟自投罗网又有什么区别？

　　曹克说："走吧，别管它了！"

　　我转身走了。没走两步，曹克忽然把我拉住。他没说话，只是盯着楼门口，眼神很奇怪。我顺势看了一眼，立刻惊住了……

　　我看见了周正！

　　周正从楼门里走了出来，和一个警察边走边谈。他仍然很有派头，也很斯文。我听不清他们在谈什么，从表情上看，周正好像并不紧张，一举一动都很得体，就像个没事人似的。分开的时候，他甚至还主动跟警察握了握手。

　　我惊呆了。

　　还没等我回过神来，我又看见了沈默！

　　沈默也从楼门里走了出来，和一个警察有问有答。不过，和我以前见过的沈默有所不同，那个沈默凶巴巴的，这个沈默却一脸憨厚。

　　我想，一夜之间，我居然见识了两位影帝！

　　我还在发呆，曹克又拉了我一把。

他说："别看了，快走吧！"

就这样，我们无功而返，走出了安达家园。

我们揣着一肚子的问号，又回到了出租屋。

进了屋，曹克告诉我，在我东张西望的时候，他趁现场人多嘴杂、一片混乱，悄悄拨打了我的手机号，发现它关机了。他说，也许是没电了，也许是摔坏了……不管是什么原因，他总算是松了口气。

我已经不关心手机了。我只关心一件事：周正杀了人，警察为什么不抓他？

但是，曹克显然并不认为这是个问题。

他说："抓他，警察有什么证据抓他？"

我说："两个死人，一辆破车，那不是证据吗？"

他说："那不叫证据！那只能说明有人行凶，不能说明凶手就是周正！"

我好像明白了，但是，这并不代表我理解了整件事情。

曹克也有困惑。他关心的问题是：周正既然要瞒，为什么不掩盖现场？

曹克说，在那些电影里，凶手在杀了人以后，一般都会把尸体拖走，要么装进麻袋里沉入水底，要么刨个坑埋了，神不知鬼不觉地抹掉所有的痕迹，然后装作若无其事的样子，继续和警察周旋。但是，周正为什么不这么干？

　　曹克好像为此很伤脑筋。不过，他很快找到了答案。他换上了周正的大脑，试着用周正的思维方式解决这个问题。

　　他说："让一个人人间蒸发，已经很难了，让两个人人间蒸发就更难了，再加上一辆破车，难上加难。我要是周正，我也什么都不干，那么大的雨，正好帮他们清理现场，连老天爷都帮忙，他们还怕什么呢？"

　　我并不关心周正到底是怎么想的，我只希望警察尽快把周正他们抓捕归案，因为我心里还有那么一点点的正义感，也因为他们被警察抓了之后，死亡的威胁就会距离我们远一点儿。

　　周正毕竟杀了人，我以为现场多少会留下一点儿线索协助警察破案，但是，后来我才知道，情况比我想象的更加糟糕。

　　我现在知道的，都是从网上看到的。我和曹克在网吧里泡了整整一天一夜，就是为了看看网上有什么消息。这个案子在网上的关注度特别高，消息满天飞，有的听起来好像还靠点儿谱，也有很多一听就知道不着调。

　　就像曹克说的那样，那场暴雨确实帮了周正的忙，也遮挡了警察的视线。

　　网上说，警察赶到现场的时候，已经下了一整夜的暴雨。经过暴雨的清洗之后，警察没有在楼底下发现哪怕是一枚指纹、一个鞋印、一丝毛发……

　　警察也没有找到凶器。我想，周正也不可能把那根钢筋留在现场。

　　在一号样板房里，警察倒是发现了很多指纹和脚印。既然是样板房，平时自然会有很多人进进出出，或多或少会留下痕迹。对警察来说，逐一排查很费时间，也很麻烦，而且，很有可能做无用功。当然，警察也会发现一些有价值的线索，比如损坏的门锁、砸坏的电视，还有那颗从高丽丽衣领上绷出的纽扣……

我忘了告诉你，那天晚上，我们只想拿回电视，但是又不想暴露自己，所以，根据曹克的建议，我们在上楼之前，就已经戴上了手套和鞋套。可以说，我们也没有在现场留下什么痕迹。

监控探头当然是有的。因为是新建小区，配套设施都在调试中，尚未启用，探头虽然已经安装，不过它们也只是摆设。警察想通过监控录像来追查凶手，也是一个不可能完成的任务。

看起来，只能寄希望于目击者了。我心里也希望还有其他人看见了案发经过，并且勇敢地站出来，以减轻我的心理负担。但是，当时在场并且活了下来的，除了周正和他的马仔们，就只剩我和曹克，好像再没有别人了。

网上说，警察曾经在小区周围打听过，结果一无所获。周围是大片平房，跟废墟一样，早就没有人住了。就算还有人住在这里，大半夜的，又下着那么大的雨，谁会闲着没事跑出来瞎溜达？

网上也有人怀疑周正。周正是开发商，许本昌是钉子户，他们之间有纠纷，这个情况警察也是掌握的。警察当然也盘问过周正。我听说周正当时对答如流，没有露出丝毫破绽。他说案发时他不在现场，他有不在场的证人。他说他闲来没事就爱斗个地主，那天晚上陪他在家斗地主的就是小刀和大庄。

　　我知道他们斗的是哪一个地主，但是，警察不知道，警察也没有任何证据把杀人这么大的罪名扣在周正的头上。拆迁纠纷本来也是常有的事情，仅仅因为这么个纠纷就把人杀了，周正看上去不像那样的人，事情听起来也好像不太合理。就算听起来合理，高丽丽和拆迁又没有什么关系，她的死亡又该怎么解释？

　　有个报社还专门派记者采访了周正，你猜周正说什么？他说，小区刚刚开盘就出了这么大的事情，肯定会对他们的售楼业务造成非常大的负面影响，所以，他拜托警察尽快破案，也希望网友们不要胡乱猜测，不要随便往他身上泼脏水，否则，他将保留追究法律责任的权利。

　　靠！我在网上看到这条消息的时候，差点儿一拳就把网吧的电脑砸烂了。

　　总之，案子很大，线索很少，破案很难……警察面临的困境就是这样的。

　　再说说沈默。

　　作为报案人，沈默曾经接受过警察的盘问，后来也接受了报社记者的采访。他给警察和记者们讲的故事是这样的：

　　案发当晚沈默值班。值班的时候，高丽丽突然来了。她说她白天来看过房，把手机落在样板房里了，她是来取手机的——又是手机！

沈默当时正在接一个重要电话走不开，于是他告诉高丽丽，样板房的门钥匙就藏在门口的地毯底下，她可以自己开门，取回手机之后锁好门，再把钥匙放回原处。他接完电话，发现外面下起了大雨，忽然想起家里的窗户没关，他怕雨水溅进屋里把新地板淹了。地板很贵，沈默很心疼，于是他忘了还有高丽丽这回事，当即开车回去关窗户。

处理好家里的事情之后，沈默开车返回安达家园。在返回的路上，汽车轮胎突然陷进了一个井盖被盗的下水坑里。马路上当时没有几辆车，也没有几个人，他找不到人帮忙，千斤顶又不在车上，只好徒步走回家去找千斤顶。他找来了千斤顶，好不容易把汽车从那个水坑里弄了出来，却发现汽车突然打不着火了，他想打电话叫救援，才发现手机又落在了家里——还是手机！

他只好再走回家去找手机。找回了手机，他突然发现汽车又能打着火了……总之，他折腾了半宿，等他再回到安达家园的时候，天都快亮了。他刚进小区，就看见了两具尸体，当时他就被吓蒙了，等他清醒过来，立马打了电话报警。

多么曲折的故事！信息量很大，我当时都晕菜了。

我不知道警察晕不晕菜，我也不知道他们相不相信。我想，即使他们怀疑，同样也没有证据抓他。

就这样，我眼见为实的一个案子，逐渐演变成了一团浓雾，扑朔迷离。

　　当现实生活中的警察们一筹莫展时，虚拟世界里的网友们却干得风生水起。

　　网络上总是会有一些神通广大的"侦探"。本案当然也逃不过他们的耳目。其实他们知道的并不比别人更多，但是这并不影响他们"办案"。"办案"并不是他们的义务，但是，如果什么都不说，什么都不做，他们拿什么刷存在感？

　　我想，现代科技做得最多的一件事情，就是帮助人们刷存在感。微博、微信朋友圈，各种自拍、直播、弹幕……差不多都具备这种功能。

　　在我上中学的时候，曾经和同学们玩过一个"是不是"游戏。从本质上说，这是一个侦探游戏，目的就是推理出真相。主持人首先会告诉你一件事情的结果，然后，你可以提问，并且根据主持人提供的答案，逐步推理出事情发展的全过程。游戏规则很简单：你只能问"是不是"，主持人也只能答"是"或者"不是"。

　　举个例子，有一个故事叫"海鸥肉"，说的是一个双目失明的男人，来到了一座几乎与世隔绝的海岛上，在一家餐馆里点了一道菜。他吃了两口问服务员："这是海鸥肉吗？"服务员说："是的。"然后，他跑出餐厅，跳海自杀了。请问为什么？你也许会问，他是不是为情自杀？是的。他和女朋友以前是不是来过岛上？是的。他的女朋友是不是死在这座岛上？是的……好吧，你已经接近真相了。

　　我个人感觉，每当现实生活中发生了一桩悬而未决的案子时，虚拟世界里的那些福尔摩斯就会玩一次这样的游戏。不过，他们也需要了解一些基本情况作为推理依据。警察当然不会理睬他们，但是谁也没有办法堵上他们的嘴。我怀疑，沈默就是这个游戏的主持人。在这样一个时代里，谁更善于利用网络，谁就能立于不败之地。我相信，沈默是故意说给那些记者听的，他们需要制造并且利用网络上的各种流言。换句话说，他们必须把水搅浑，越浑越好。

现在，轮到那些网络"侦探"大显身手了。

高丽丽是不是有很多干爹？是的。高丽丽是不是掌握了某个干爹不可告人的秘密？是的。干爹是不是想杀了高丽丽灭口？是的。高丽丽是不是跟凶手发生过厮打？是的。高丽丽是不是被凶手推下楼摔死的？是的……

你看，人们关心的都是高丽丽，很少有人提到许本昌。当然，这并不奇怪，一个是炙手可热、存在感爆棚的网络大明星，一个是默默无闻的出租车司机，你更关心的人是谁？

经过一番热火朝天的接力式推理，不断地有人添油加醋、添砖加瓦，终于，福尔摩斯们在网络上炒出了一盘大菜，盖起了一栋大楼……

在他们的梳理之下，故事是这样的：

案发当晚，高丽丽为了找回手机，搭乘许本昌的出租车来到安达家园。在此期间，凶手一直在悄悄跟踪高丽丽，伺机下手。高丽丽进入样板房，拿回了手机。她正要出门的时候，凶手突然出现了。高丽丽锁门避险，凶手撬门进屋。厮打的过程中，电视被打坏，高丽丽的领口被扯破，然后被凶手推下楼去，摔死在楼下的出租车顶上。许本昌正在等高丽丽出来，不料汽车顶棚被砸瘪，他被困在车里，吓了个半死。当他从车里爬出来的时候，凶手已经下楼，两人打了个照面。凶手一不做二不休，干脆把许本昌杀了灭口，然后逃之夭夭……

好吧，案子基本上破了。

这是网络上流传最广的一个版本，思路清晰，逻辑严谨，说得跟真的一样。如果我不是事件的亲历者，我很可能也会倾向于这种说法。

我真心地怀疑，网络上的那些"侦探"其实都是周正和他的马仔们雇来的水军，或者干脆就是他们自己。也许他们原本还提心吊胆，担心事情败露，现在他们终于可以安安稳稳地睡个好觉了。目击者背上了杀人的嫌疑，东躲西藏都来不及，哪儿还有工夫去管他们的闲事？

我想，这样的情况，很像是那个老掉牙的社会问题：老人倒地，扶不扶？扶，就是你撞的！

就这样，我和曹克躺着又中了一枪。我们莫名其妙地成了某人的"干爹"，或者是某人的"干爹"花钱雇来的"杀手"。我们成了"背锅侠"！

我有一个朴素的想法：偷东西是小事，杀人却是大事，是比天还大的事情。我认为我们还是有必要报警，跟警察把事情说清楚，免得招来更大的麻烦。

但是，曹克的看法又和我的不大一样。

他说："你以为你说得清楚吗？"

我说："看见什么就说什么，有什么说不清楚的！"

他说："警察如果办不了他们，回过头来，就得把咱俩给办了！"

我说："警察怎么就办不了他们？"

他说："周正是什么人，你又是什么人？"

我说："这跟我是什么人有毛关系！"

他说："一个送快递的，警察凭什么相信你？"

我说："我有证据！"

他说："证据呢？"

我说："手机里。"

他说："手机呢？"

我哑口无言。

我都快疯了。

我感觉自己好像被困在了一个迷宫里，傻乎乎地转了一大圈，又回到了那部该死的手机上。它哪里是手机，它简直就是一个磨人的小妖精！

第四章

　　玉观音回来了。

　　好久不见。她身上蒙尘，但她看上去还是那样温润纯洁，晶莹闪烁。

　　那是母性的光辉。每当我看见她，都会想起我妈。我妈跟我爸完全不一样，我爸总是让我感到害怕，我妈却总是让我感到温暖。我妈说："儿子，戴在胸口，观世音菩萨大慈大悲，她能保佑你一世平安……"

　　她真的能保佑我吗？

　　此刻，她被装在一个透明的塑料袋里，被郝队抓在手上。为什么不还给我，我还能再戴上她吗？我真懊恼，我太大意了，居然把护身符弄丢了！

　　郝队仍然绷着脸，还是那种怀疑一切的眼神，他不累吗？

　　他说："很多人都戴着面具，表面和内在不一样，你知道吗？"

我点了点头："知道。"

我不知道郝队为什么要跟我谈起这个话题，但是我知道很多人表里不一。

有一次，我去一个写字楼里送货，那是一台打印机。接待我的是一个白领，她年龄不大，文文静静的，一看就是那种有文化有素质的女孩。她一边开箱验货，一边冲我微笑，还问我要不要喝水。等她签收以后我就走了。不过我没有走远就发现签字笔落在了她的办公桌上。我回去拿的时候，碰巧听见她在跟同事聊天，她说："一个送快递的傻叉，居然也敢色眯眯地冲我笑，癞蛤蟆……"

我冲她笑是真的，但是，我绝对没有色眯眯，我敢对天发誓！如果我笑起来不像个好人，那我也没办法。我可能是只癞蛤蟆，不过，她也不能算是白天鹅。我只是觉得她看起来比较文静，并没有觉得她漂亮，她根本就不是我的菜！

她肯定不这么想。她看上去很有教养，其实她得了"公主病"，病得不轻。对于像她这样的人来说，世界是她的，世界也是她的，世界归根结底还是她的！

后来我没要那支签字笔，也没有打搅她聊天，在她和那个同事发现我之前，我就已经悄悄地掉头走了。我怕她尴尬，更重要的是，我怕自己难堪。

这件事情改变了我。我想起《小王子》里说过的一句话：眼睛是看不见的，要用心！我平时不爱读书，但《小王子》我还是读过的。

现在，郝队就是在那样看着我，用眼睛，也用心，非常用心。

他发现什么了吗？

他说："你的表面和你的内在，给我的感觉很不一样。"

我吃了一惊。哪儿不一样，我的表现很反常吗？

他说："从表面上看，你好像有点儿天然呆，不过，我发现你的内心其实很丰富，思路很清晰，说话也很有逻辑，你能告诉我，这是为什么吗？"

我说："我社会经验少，情商低，但是我智商又不低。"

小警察冷不丁地插话："你智商不低，为什么没考上大学呢？"

我真想告诉他，我的高考分数其实也不低。如果我的户口就在这个城市里，即使上不了一流大学，至少也能上个二流大学。但是，谁让我家在外地，还是个老少边穷地区呢？像我那样的分数，别说是一本二本，八本也不行。

我读高中的时候班里有个女同学，她是我们班的数学科代表。她也没考上大学，后来她跟我一样进了城打工，在一个大学老师家里当保姆。有一次，雇主的儿子写作业遇到了难题，大学老师研究半天也没解出来。当然，也不能怪大学老师，他是教哲学的，你让他去解一道高中数学题，就好像让梅西去打篮球一样别扭。后来，那个女同学在收拾餐桌时无意中看到了那道题。她一边洗碗，一边琢磨，三下五除二就把它给解开了。

她告诉我，当她把答案说出来以后，大学老师和他儿子当时就傻了。她还说，后来她的工资涨了，不过干的活也多了，不但要做家务，还要当家教，辅导大学老师的儿子做功课……

有谁说过智商不低就可以考上大学的？大学的门槛又不是用智商堆出来的，它是用户口簿堆出来的好吗？我出生的时候就已经规定好了，将来我能考上的，只能是毛家沟大学。

郝队当然不是要跟我探讨教育改革问题，他正在研究的是另一个问题。

他说："既然你的内在不像外表那样呆，那么，你真的像你说的那样吗？"

我没说话。我智商再高也回答不了这个问题。我是个男的，我也有小鸡鸡，我也希望自己能彰显英雄本色，有勇有谋，我有病啊，犯得着那样狂踩我自己吗？

郝队说："你要改说法吗？"

改说法……改什么说法？

郝队走到我跟前，就像变魔术一样，忽然亮出了一张照片。

他说："这个人，你认识吗？"

照片上是个男人，五十来岁，脸很胖，有好几层下巴，右边的头发留得很长，甩过去盖住了左边的秃顶。我不能说认识，但是我见过他，也是从网上看见的，印象还挺深。他姓包，具体叫什么我忘了，网上人人都管他叫"包大胆"。

他是个大老板,企业名流,其实就是个卖保健品的。不过,在电视广告上,他们绝口不提保健品,口口声声说的都是"尖端生命科技"。

我听说有些卖烤串儿的用老鼠肉冒充羊肉,包大胆干的事情跟他们差不多,只不过,他的包装更高级,生意做得更大,影响也更加恶劣……网上有消息说他的公司被查封了,他本人也被警察抓了。除了广告欺诈和制售伪劣产品之外,网上传言,他还涉嫌雇凶杀人,受害人是一个在他公司里做卧底的记者……

胆子果然很大,包大胆名不虚传!

不过,这跟我有什么关系?

我就是个送快递的,我不认识什么大老板,也不认识什么包大胆!

看到我一头雾水的样子,郝队又亮出了另一张照片。

他说:"这个人呢,你认识吗?"

照片上是另一个男人,眼睛很小,鼻子很尖,嘴唇很薄,头发比郝队的还短,皮肤好像也比郝队的更黑,一看就是个狠角色,给人很阴险的感觉。

我摇了摇头:"不认识。"

郝队仍然举着照片:"他姓霍,外号柴伙,有印象吗?"

我又看了看照片,继续摇头:"没印象。"

他说:"曹克呢,曹克也没有跟你提起过这个人吗?"

我说："没有。"

他说："你再想想。"

我说："想不起来。"

郝队收起了照片，仍然不动声色，口气不紧不慢。

他说："现在想不起来不要紧，我们还有一点儿时间。你什么时候想起来，什么时候想改口都可以，不过，最好不要拖太久！"

什么意思？

什么情况？

我必须认识一个叫"柴伙"的人吗？

我有点儿慌了。我突然感觉胸闷，好像胸腔里的一大半空气被抽走了似的。

郝队终于触碰到了我心里最软弱的那个地方，那是一个可怕的地方。

他希望我能改个说法，那么我的这个故事就算是白讲了。我费了那么多口舌，原来他一直都不相信。他希望听到的，根本就是另一个故事。

那是一个什么样的故事呢？

一个叫包大胆的男人，和一个叫高丽丽的女孩，保持着一种很奇怪的关系。有一天，包大胆决定把高丽丽甩开，但是高丽丽掌握了他的一个不可告人的秘密，无休无止地对他进行敲诈。包大胆为此惶惶不可终日，他想要保守这个秘密，于是他找到了一个叫柴伙的男人。柴伙又找到了另外两个年轻人，一个叫曹克，另一个叫毛标。在一个风雨交加的夜晚，曹克和毛标尾随高丽丽来到安达家园，他们轻轻松松地就把高丽丽打晕了，突然看到楼底下正在发生一件类似的事情，出于某种奇怪的心理，他们用手机拍了下来。没想到高丽丽突然醒了，一声尖叫，惊动了楼下的凶手。慌乱中，他们扯破了高丽丽的领口，也打坏了电视。最后，他们把高丽丽推下楼去，夺门而出，跳进电梯井，躲过了另一拨凶手的追杀……

故事这样讲，郝队会满意吗？

郝队应该会满意的。我呢，我怎么办？

我猜包大胆不知道那两个年轻人姓什么叫什么，不然，郝队干吗神神秘秘的？柴伙当然知道他雇来的人是什么底细，但是，警察好像还没有找到柴伙，不然，郝队干吗要耐着性子听我在这儿东拉西扯地讲故事，貌似还听得津津有味呢？但是，郝队为什么要说我们还有一点儿时间，难道他们已经发现了柴伙的踪迹？

郝队说："刚才说到哪儿了，继续！"

我几乎说不下去了，但是，我必须保持镇定。他们既然想听，那我就继续讲。事已至此，管他们怎么想呢，爱怎么想怎么想，爱信不信！

刚才说到哪儿了？

我怎么突然想不起来了，脑子里一片空白……

对了，刚才好像说到了小妖精，手机简直就是一个磨人的小妖精。我和曹克就像是两只风筝，小妖精把线一收，又把我们拉回了安达家园。

　　不管你信不信，我当时确实想过报警。我希望通过警察的帮忙把手机找回来，免得我们担惊受怕。但是，曹克认为这样做风险太大。他说，毕竟是山寨手机，如果被雨淋湿以后烧坏了内存，找不到视频，空口无凭，那我们就真的完蛋了。他的意思是，无论报不报警，都必须先找回手机。我觉得他说的好像也有道理。

　　事情已经过去两天了。警察应该撤了，所以，我们只需要担心会遇到沈默。毕竟沈默认识我，只怕他看见我之后会联想起什么。为此，曹克专门做了一个预案：万一遇到沈默，万一他盘问我们的来意，我们就装傻充愣，装什么都不知道，只说是来找他交涉电视的事情。这是我们能想到的唯一借口，好像说得过去，大不了被他轰出小区，也不至于殃及身家性命。

　　曹克再三叮嘱我保持镇定，千万不要露出任何破绽。我当过几天群众演员，不过我只扮演过几具尸体，对自己的演技一直没有信心，所以我做了很长时间的心理建设，就像背台词一样，把曹克教给我的那一套说辞背得烂熟于心。尽管如此，我还是战战兢兢的，生怕有哪一句话说得不对招来杀身之祸。

　　到了安达家园以后，我才发现，我们的担心完全是多余的。沈默在售楼处，小刀和大庄也在，不过他们根本没有时间搭理我们。他们也遇到了很大的麻烦。

　　周正对外界所说的那些话，绝大部分是谎话，不过他也说对了一点，那就是这个案子确实给他们的售楼业务带来了很大的负面影响。

售楼处门口的台阶上，十几个人把马仔们团团围住，有男有女，有老有少，群情激愤。马仔们焦头烂额，疲于招架。

沈默说："咱们都是签了预售合同的，退房可以，订金不能退！"

有个男人说："凭什么不退？这是你们的责任、就应该退钱！"

沈默说："我们有什么责任啊？"

有个女人说："你们卖的是凶宅，还能住人吗？"

沈默说："人又不是我们杀的，我们负什么责任？"

我真想大喊一声：人就是你们杀的，你们就得负责任！不过，我没那么干。我们是来找手机的，又不是来找倒霉的。

我们穿过那一片潮水般的噪声，从拥挤的人群旁边飘了过去。

楼门口果然没有人把守，但是我们又看见了许可。她一身黑衣，臂缠孝纱，双膝跪地。现场已经被清理，出租车不见了。不过，地上还遗留了一圈白线轮廓，标示出许本昌死后的姿势。许可很悲伤，眼里满是泪水。她抚摸着地上的白线，好像在抚摸她爸爸的身体。

我放慢脚步，同情地看着许可，心里有说不出的滋味。许可也注意到了我们，她抬起头来，一双泪眼在我的脸上停留了片刻，似曾相识。

我不敢跟她对视，匆忙扭头，加快脚步，跟着曹克走进了楼门。

三楼的楼道里特别安静。没有装修的房间，房门都虚掩着。我们夯着胆子，左顾右盼一阵，确定周围没有人之后，才推门走进了一个房间。

　　窗外的空调架上，我的手机还插在那道狭小的缝隙里，悄无声息。

　　曹克把胳膊伸出窗口，努力够了一阵，怎么也够不到手机。于是换我来试。我比他高，胳膊也比他长。不过，我也够不着，只好把大半个身子都探了出去。为了安全起见，曹克从身后牢牢抓住我的裤腰带。他简直就是一头猪，一使劲，居然把我的裤腰带扯断了。他一屁股跌坐在地上，我差点儿就一头栽了下去。他很快爬了起来，又抓住我的双腿，我伸长了胳膊，一寸一寸地接近手机。

　　手机的正下方，许可仍然跪在那儿，一动不动。她的周围聚集起了一些人，好像就是刚才在售楼处门口嚷嚷着要退房的那些人。他们围成一圈，好奇地观望，有人举着手机拍照，有人交头接耳。他们的注意力都在许可身上，没有人抬头，也没有人注意到在他们的头顶上，有个人像只蝙蝠一样，大头朝下，倒吊在高处。

　　我的脑袋因为倒吊而充血，眼珠子都快掉出来了，不过我终于够到了手机。就在这个时候，楼下突然传来了一阵嘶喊声："散了散了，都散了！"

　　平地一声惊雷！我的手指刚刚碰到手机，楼下这么一喊，吓得我的手一哆嗦，手机从空调架的缝隙里滑出，我一把没抓住，眼睁睁地看着它向楼下坠落。

　　手机落在了许可身后的草丛里。人群中一阵骚动，掩盖了手机落地时的声响。所有人的注意力都集中在小刀和大庄身上，没有人发现一部手机从天而降。

小刀和大庄挤进人群，大声嚷嚷："散了，都散了吧！没什么好看的！"

曹克把我拉回了屋里。我顾不上解释，拔腿就跑。曹克跟了上来。

我们一刻不停地跑到了楼底下，挤进了人群里。

小刀和大庄已经穿过人群，站在许可面前。许可仍然跪在地上，纹丝不动。这时候我才发现她一脸病容，看上去很虚弱。我还注意到她胸前举着一块牌子，上面写了四个大字：寻找证人！牌子下面还写了几行小字，好像是电话号码，我没看太清楚。我又看了看她身后，手机还在那片草地上。我想上去捡回手机，不过，我有点儿扫心被小刀和大庄发现，犹豫着没动。

小刀说："别在这儿跪着了，快走吧！你影响我们售楼了，你知道吗？"

许可面无惧色，置之不理。

大庄说："你起来！你在这儿跪着有什么用啊，有什么事，你找公安局去！"

许可一声不吭，无动于衷。

小刀和大庄上去了，一个要强行把许可拉走，另一个伸手去夺那块牌子……

围观的人终于看不下去了，七嘴八舌，纷纷声援弱者。

有人说："有理说理，别动手啊！"

也有人说："欺负一个女孩子，你们算什么东西！"

还有人说："你们还有人性吗？"

身处一片指责声中，小刀和大庄按捺不住了，忽然把矛头指向群众。

小刀说："没你们的事，捣什么乱啊！"

大庄说："别跟着瞎捣乱，散了，都散了！"

我很熟悉他们的那一套，蛮横的口气，恶狠狠的表情，张牙舞爪，随时都准备动手似的。他们的气焰也许能吓住一两个人，但是，他们根本吓不住一大片人，反而刺激了人们愤怒的神经。那一大片人的情绪暴发起来，也有一种排山倒海的力量。我听到耳边一阵嗡嗡的人声，就好像万箭齐发，射向了小刀和大庄。

小刀和大庄显然已经乱了阵脚，却困兽犹斗。他们揪住了离自己最近的人，看架势好像要杀鸡吓猴。但是，更多人蜂拥而上，你推我搡，吵吵嚷嚷……

现场一片混乱。混乱中，我绕过人群，悄悄移步接近许可，想捡回手机。许可站了起来，像是要对人们进行劝说。我距离她一步之遥，只见她张了张嘴，忽然眼睛一闭，软软地瘫倒在地上，恰好将我的手机压在了身下。

我愣住了，停下脚步，僵在那儿。

包括小刀和大庄在内，在场的人都静了下来。人们就像听到了号令一样，集体后退了一步。刚才还奋不顾身的人们，突然又开始担心会牵连到自己。

终于，一位大妈站了出来，上前观察许可："姑娘，你没事儿吧？"

许可面色苍白，双目紧闭，没有反应。

大妈伸手摸了摸许可的额头，像是被烫了一下："发烧呢，得送医院！"

大妈一扭头，看到我傻站在一旁，大声招呼我："小伙子，快来帮忙！"

我不敢迟疑，连忙上前，把晕倒的许可扶了起来。她身下的手机露了出来。我刚要伸手，大妈却抢先一步捡起手机，顺手装进许可随身的小包里。她抓起包，起身就走，一边走一边冲我招手："快，我的车在那边！"

我只好抱起许可，跟在大妈身后。所有人都闪开身子把路让开了。我一边跑，一边在人群中寻找。周围乱哄哄的，我也匆匆忙忙，没能找到曹克。

到了医院，医护人员把许可送进了急诊室，大妈也跟了进去。

我在走廊里等着。医院是个悲惨的地方，看不到一个幸福的人。

终于等到大妈出来了，肩上挎着许可的小包。我刚要开口，她的手机响了，她走到一边去接电话，我只好继续等着。

大妈接电话的时间并不长，不过，事情好像比较紧急，她看上去很焦虑。

她说："小伙子，我家里还有事，先走了，今天辛苦你了啊！"

她转身就走，我连忙把她喊住："哎，包，包！"

大妈开始还觉得莫名其妙，不过她很快明白了我的意思。她把许可的包摘下来，正要交给我，好像又不放心似的，看了看我，收了回去。

她说："我交给护士吧！"

大妈走了。许可的包又落到了小护士手上。

我伸出手去，还没张嘴，小护士已经不由分说地把一沓票据拍在了我手上。

她说："缴费去吧！"

我只好乖乖去缴费。

缴费得排队。我排了半天队，一划价，吓了一跳。许可不就是发烧晕倒吗，怎么跟动了手术一样贵？幸好我身上带了银行卡，幸好卡里还有点儿钱。

缴完了费，我心想总该把手机还给我了吧。小护士却很谨慎，也很严肃。

她说："你是病人的什么人呀？"

我想了半天，不知道怎么说才好。我是许可的什么人？我什么人也不是呀！我心里想，刚才你让我缴费的时候，为什么不问这个呢？

我说："我就是个路人，看见她晕倒了，就把她送到医院来了。"

她好像有点儿惊讶："路人？"

我点了点头："啊，我跟她不认识。"

她看着我说："那你是个好心人了？"

我点头如捣蒜："是啊，是啊！"

小护士用眼神给我点了个赞，然后拿起了许可的包。我松了一口气。但是，她忽然又把包放下了，抬头看我，眼神里的赞赏变成了怀疑。

她说："你们不认识，那么，你的手机怎么会在她的包里呢？"

这个故事太长了，从哪儿说起呢？

我张口结舌。小护士立刻警惕起来，好像已经发现我是个坏人了。

她说："病人的东西，我们只能交给病人。如果真是你的手机，等她醒了，你自己找她要吧。"

小护士正气凛然。我也懒得废话，只能等了。

天黑之前，许可醒了。

她睁开眼睛看着我，表情很茫然："你是谁呀？"

我说："我叫毛标，你不认识我……"

她说："是你送我来的医院吗？"

我说："啊，我和一个阿姨送你来的，要不要通知你家里人？"

她说："我家里……没有人了。"

许可眼里含泪，我不忍看她，只能低头沉默。

她擦了擦眼泪，又对我说："谢谢你！"

我说："不客气。"

过了一会儿，我又说："我的手机在你包里，你把它给我，好吗？"

她说："手机？"

我终于拿回了手机。

按说我拿回了手机，应该立刻报警，或者干脆把它交给许可，告诉她一切。但是，我的手机打不开了。就像曹克担心的那样，如果手机坏了，找不到视频，麻烦就大了。所以我什么都没跟她说。至于我的手机为什么会出现在她的包里，我也只说那是混乱中的一场误会，绝口不提找手机时遭遇的波折。

我把许可送回了家。

许可坚持要出院。看她还是那么虚弱，我有点儿不放心，于是我坚持要送她。当然，我也在等她主动提起医药费。按说我不应该在乎那笔钱的，不过，人穷志短，我也没有办法。许可也不是故意不提医药费的，她太悲伤了。

我原本还以为那一片平房早就没有人住了，没想到许可的家还在那儿，离安达家园不算太远。跟我想象的差不多，她家房子一侧山墙的顶部坍塌了，屋顶的一角也被砸漏了。虽然我有点儿好奇，不过我忍住了没问。

进门之前，许可终于想起了我关心的问题。

她说："刚才你花了多少钱？"

我明明一直惦记着钱的事情，嘴上却说："什么钱？"

她说："医药费。"

我继续充大头："没多少钱，算了！"

她态度很坚决："不行，你已经帮了我很多，不能再让你花钱了。"

既然她非要给，我也就收了。不过我没有多收一分钱，我不是那样的人。

她说："谢谢你，你是个好人！"

她居然说我是个好人？她那么真诚，我的汗都快下来了。

她说："加个微信吧？"

我手机打不开，加不了微信，于是我们交换了电话号码。

交换完电话号码，我们就告别了。

我说："再见！"

她也说："再见！"

我转身就走了。我知道她还站在门口看我，我很想回头，但是我不敢回头。不知道为什么，我忽然又有了一种做贼心虚的感觉。

我回到出租屋的时候，天已经黑了。

我给手机充上了电，它居然还能开机，也能正常使用。我找到了那段视频，视频也能正常播放。我看了一小段，就不敢再往下看了。我本来想打电话报警，但是，我想了想，又犹豫了。

一想到可能要坐牢，我还是下不了决心。就算下得了决心，在我坐牢之前，起码要跟所有人道个别吧。道别的时候，跟我爸妈说什么呢，他们会不会晕倒？在乡亲们面前，他们怎么抬得起头？还有，袁丹怎么办，要不要让她等我出来？那样会不会太自私了，我好像也说不出口。就算我说得出口，袁丹她愿意等我吗？就像我在公共厕所里发过的誓，我真的很爱袁丹，我不能想象没有袁丹的日子，我一个人要怎么度过！

我想，也许还有别的办法，既可以告诉警察真相，也不用我自己抛头露面，比如把视频发到网络上，警察看到以后，自然会去追查凶手。周正逃不出法网，我也不用坐牢，该结婚结婚，该生娃生娃……但是，我听说网络警察也很厉害，网络上的任何蛛丝马迹都瞒不过他们的眼睛，更何况视频里还能听到我的声音，穿个马甲他们就不认识我了吗？如果他们追查到我，我还是躲不过去……

就在我胡思乱想的时候，曹克回来了。

他进了门就冲我嚷嚷："手机拿回来了吗？"

我说："拿回来了。"

他说："视频没问题吧？"

我说："没问题。"

曹克把手机夺了过去，一阵摆弄。我感觉他好像有点儿不对劲，兴奋过头了。等他检查完视频，他突然问了我一个奇怪的问题。

他说："你打算找她要多少钱？"

我说："钱？什么钱？找谁要钱？"

曹克看着我，笑容很诡异："装傻！想独吞是吗？"

莫名其妙！我都不知道他到底在说什么。

曹克打开他的手机，找出了另一段视频。

那是一段网络视频，我只看了一眼，立刻就惊住了……

视频里的人是许可！

许可把她爸爸的照片捧在胸前，一字一句，好像是在冲着我说话。

她说："这是我爸爸，他叫许本昌。下个星期，他就要过五十岁的生日了，我想好好给他过个生日，可是，他死了。他是我唯一的亲人，也是最疼我的人。我不知道凶手是谁，我也不知道他跟我爸到底有什么样的深仇大恨，我只知道，他杀了我爸，毁了我的生活，他必须付出代价。不然，我爸在天之灵不能瞑目，我这一辈子也会不得安宁。如果你知道凶手是谁，如果你有证据，请你告诉我，我会倾我所有，以示报答！"

视频不长。许可说完这一段话，又说出了自己的电话号码，视频就结束了，画面定格在许可的脸上。她的脸庞那么精致，却又那么悲伤，淡淡的泪痕让人心疼。她看上去那么柔弱，眼神却是那么坚定，凛然的目光让人不敢直视。

曹克收起了手机，不怀好意地看着我。

他说："这个视频很火，微博和微信朋友圈都被它刷爆了，不到一天时间，转发量已经破十万了！"

我说："十万？"

想想也不奇怪。这是一个好奇心泛滥的时代，案子没破，大家和许可一样，都想知道凶手是谁；这也是一个看脸的时代，许可颜值爆表，谁都想帮她一把；这更是一个钱能通神的时代，许可虽然没有直接谈钱，但是她提到了倾其所有。

曹克重复了一遍他的问题："你打算找她要多少钱？"

我说："要什么钱？她爸都死了，还找她要钱，落井下石啊？"

他说："大哥，我温馨提示一下，你房租还没交呢！"

我说："那我也不能乘人之危，趁火打劫！"

他说："行行行，你心肠软，你拉不下脸来，我没你矫情，我找她要去！"

曹克还抓着我的手机，我趁他不备，一把夺了回来。

我说："这是我的手机，你凭什么要啊？"

他伸手来抢，我就是不给他。我把手机举过头顶，他胳膊短，够不着。

他说："手机是你的，可视频是我拍的好吗！我至少也有 70% 的知识产权，你懂不懂尊重知识产权！"

他居然跟我谈知识产权！他初中都没毕业，他跟我谈知识产权？

我简直哭笑不得。我说："我读书少，你别蒙我，你先去有关部门登个记，让他们给你出个产权证书，你有了证书，再来跟我谈产权好吗？"

他说："嘿，你什么都懂。你什么都懂怎么连房租都交不上？你什么都懂怎么连袁丹都搞不定……"

他提到了袁丹。敲门声响起。袁丹就像曹操一样，说到就到。

袁丹一到，曹克很识相，立刻就不闹了。在我们面前，袁丹的气场特别大，上门和皇太后驾到的感觉一样。她先看看我，又看看曹克，那眼神就好像在看蟑螂。曹克还真像只蟑螂，"哧溜"一声，就钻进了他自己的小屋。

我和袁丹也进了屋。

袁丹看上去心情极其不好。每次她心情不好的时候，我都战战兢兢的，生怕哪一句话说得不对，爱情的小船说翻就翻了。

她扫视着我的小屋。小屋里乱得像个垃圾场一样。你别以为她要收拾屋子，她才不干呢！她想干，我也不让她干。她干活时爱发脾气，我还是别自找倒霉了。

她看到床头柜上有个塑料袋，过去翻了翻，翻出了几盒药。

她说："你病了？"

我点了点头："啊，没事。"

其实我没病，但是，我也不能跟袁丹说实话。那几盒药是医生给许可开的。当时我光想着自己垫付的那笔医药费，居然忘了把药交给许可。

袁丹好像并不关心我到底有病没病，她也是来谈钱的。

她说："你到底有多少钱，给本宫来句实话！"

我说："我身上有四百多……"

我刚要掏兜数一数，她打断了我："我问你银行卡里有多少钱！"

我说："卡里？卡里还有三千多吧！"

袁丹看上去很失望，又说："你爸妈呢，他们有多少钱？"

我说："他们也没多少钱，我们家什么情况你都知道，我爸就是干农活的，我妈身体又不好……"

她又一次打断我："跟亲戚朋友借呢，能借多少钱？"

我说："我们家亲戚朋友都没什么钱，再说，现在跟人借钱都得有个抵押，我什么都没有，拿什么抵押，拿肾啊？"

她看着我，瞪起了眼睛："那你是不打算买房了？"

我说："不是不打算买房，是现在买不起，将来……"

她说："将来是什么时候？"

我说："将来……非得在这儿买房吗，咱们挣几年钱就回老家吧！"

她说："你愿意回去，我可不愿意！"

我说："为什么呀，你为什么不愿意？"

她说："我回不去！我回去说什么呀，就说我没本事，在城里混不下去了？"

我说："你别这么想，我觉得……"

她突然变得很激动："毛标，我再说一遍，我可以跟你结婚，是你不愿意，那你就别怪我了。我告诉你，本宫又不是没有人追！"

小船真的要翻了！

袁丹发作起来，就像滔滔江水，一发不可收拾。她一边说着，一边走到门口，用力拉开了房门。房门一开，曹克就露出来了。

曹克真是个王八蛋，原来他一直在偷听。

就这样，袁丹走了。我也拦不住。

我又蹲在马路牙子上，手上拎着一瓶酒。我伤疤还没好，却已经忘了疼。陪在我身旁的，还是曹克这个猪一样的室友。

曹克说："我觉得，袁丹的要求一点儿也不过分。一个女孩，跟你一辈子，你总得给人家一个住处吧！"

我说："我是想给，不是没钱吗？"

他说："没钱就挣啊！"

我说："怎么挣？"

他说："怎么挣？挣钱的机会就在你手里，就看你抓不抓得住了！"

我下意识地低头，看了看抓在手里的手机。

他说："咱们手里有证据，许可也愿意花钱买。她报她的仇，你挣你的钱，市场经济，公平公正，有什么不对呢？"

我是真的醉了，不过，我还有一点儿理智："她爸死得那么惨，她那么可怜，咱们还跟她要钱，是不是太没底线了？"

曹克好像突然明白了什么："我知道你为什么不着急买房结婚了。"

我说："为什么？"

他说："你是不是看上许可了？"

我扭头看看他，醉眼迷离，我感觉他有六只眼睛六个鼻孔三张嘴。

那三张嘴同时说话："许可确实漂亮，身材也不错，不过你也别想太多了，她不是你这种人能泡得上的，人家是天上的女神，你充其量也就是个土地公公，你跟她差着十万八千里呢，想办她，你知道床在哪儿吗？"

我说："你嘴里吐不出象牙！"

他说："你满嘴象牙，你档次高。档次低的事情我替你去办，你看行不行？你跟她见过面，她认识你，你去谈确实拉不下脸，万一把警察招来麻烦就大了！这事我来办，你别看我档次低，但是，我智商高啊，我既能帮你做成这笔买卖，又能保证不把你暴露了。出了事我一人担着，得了钱一人一半，这总行了吧？"

闷了一会儿，我举起酒瓶，一饮而尽。

曹克伸手过来，抓住我的手机。我坚持了一下，但是没坚持住。他一使劲，就夺了过去。他拆开了手机后盖，取出了手机卡，动作非常熟练。眼花缭乱中，那张手机卡和另一部手机已经塞到了我的手里。

他说："你也该换部手机了，回头分成时，把手机钱扣给我就行了！"

曹克起身走了。我仍然蹲在原地，看着手里的新手机，晕晕乎乎的。

我想，这样做真的好吗？

第
五
章

手机背面，那只猴子冲我张开大嘴，好像在嘲笑我似的。

郝队继续摆弄我的手机。我又紧张起来。这几乎是一种下意识的反应。

想想也不必紧张。除了那段视频，手机里什么也没有。曹克把手机夺走后，很快就把我的资料都清除了，删得一干二净。他说，这样做是为了保护我。

网上说，通过某种技术手段可以恢复手机内存。不过，既然落到警察手里了，恢复内存也没关系。恢复以后，他们又能发现什么呢？

袁丹的照片？我的 QQ 空间？微信聊天记录？几个稍微有点儿黄的网络笑话？几本讲穿越或者盗墓的网络小说？几段跟社会热点有关的网络视频……

应该没什么问题。当然，他们也有可能在某个文件夹里发现几张黄色图片。不过，这好像不犯法，也无伤大雅。而且，那些图片都是在我上网看新闻的时候自己弹出来的，它们也是自动存进那个文件夹的，跟我有毛关系！

果然，郝队好像什么也没发现。他放下手机，继续看着我。

他说："说说袁丹吧，这个事情跟她有关系吗？"

我说："跟她没关系。她什么都不知道，我什么都没告诉她。"

我说的是实话。这又不是什么光彩的事情，摊上了这种事，跟谁都不能说，跟女朋友更不能说。我倒是很想跟袁丹说说，但是，我也只能让它烂在肚子里。

郝队说："你们第一次谈论买房，是什么时候的事情？"

郝队为什么对这个感兴趣？

我有点儿纳闷。不过，我也不敢问，只能实话实说。

我说："七号，案发前一个礼拜。"

郝队好像有点儿意外："记得那么清楚？"

我当然记得很清楚了，那天是我生日。我是金牛座，一个保守的星座。

我本来希望在生日那一天完成一件非常重大的事情，把自己变成一个男人，把袁丹变成一个女人，但是……

那件事情说来话长，也跟我的私生活有关，涉及隐私。不过，我都这样了，还管什么隐私呢？

　　袁丹和我一样，也是个乡下人，只不过她自己不愿意承认罢了。她的理想，就是做一个城里人，一个体面的城里人。但是她命苦，遇到了我。

　　袁丹在一家快捷连锁酒店里当服务员。我们是在一次老乡联谊会上认识的，我一眼就看上她了。她长得不错，身材也不错。我主动跟她搭讪，虽然很笨拙，不过，我感觉她对我好像也有那方面的意思。我长得其实也不错，个子也不矮。我们相互加了微信，先是在微信里挤眉弄眼，然后又见了面，眉来眼去。

　　我和袁丹认识三年，恋爱谈了两年，但我还是个处男，说出来你可能不信。我不止一次想过耍流氓，可我没试过。也许她愿意，也许不愿意……谁知道呢？我都没有胆量问她到底愿不愿意，我害怕被她拒绝。我想，如果她拒绝我的话，那么我和她的关系就完蛋了。我说过我胆小，我最不愿意做的事情，就是冒险。在没有绝对的把握之前，我不会迈出那一步，但是，到底什么时候才有绝对的把握，我也不清楚。我想，谈恋爱好像是个技术活，我又不专业。

　　有一天，曹克问我跟袁丹上过床没有，我跟他说了实话。他惊讶地看着我，就好像在看一个外星生物，然后他又给我讲了一些道理。他说，女人在上床以前和上床以后有很大的区别，上床以前往往很任性，上床以后才会变得温顺，所以，如果你能在床上把事情办了，从此你就成了话事人，她什么都得听你的，到时候哭着喊着要结婚的，就不是你，而是她了。

我觉得曹克说得很有道理，所以我采纳了他的建议，我想试试。

我的生日恰好就在两天之后，于是我决定，趁着过生日，把事情给办了。

当然，我也不会蛮干，这不是我的风格。按照曹克教我的方法，那天晚上，我和袁丹先找了一家饭馆，一起吃了生日晚餐……没有生日蛋糕，也没有蜡烛。像我这样的人，吃什么蛋糕，吹什么蜡烛？不过，我就着一碗热乎乎的面汤，在心里偷偷地许了一个愿，你知道我许的是什么愿。

吃完晚饭，我就把袁丹带回了出租屋，然后从抽屉里找出了一副扑克牌。

我说："咱们打牌吧？"

她说："好啊。"

我说："咱们赌点儿什么吧？"

她说："好啊，赌钱吗？"

我说："不赌钱，赌钱多没劲，咱们玩儿个新鲜的，谁输了谁就得脱衣服，输一把脱一件衣服，行吗？"

这是整个计划里最关键的一步，我一直担心袁丹会拒绝，但是，她答应了。我也不知道她是怎么想的，她只是犹豫了一下，然后就愉快地答应了。

玩纸牌是我的强项，闲的时候我经常和工友们斗地主，一般情况下都是我赢。但是，那天晚上不知怎么回事，我从一开始就输。当我脱得只剩下一条内裤的时候，我突然人品爆发了，我开始绝地反击……当袁丹身上只剩下胸罩和一条内裤时，我已经控制不住自己了。我觉得嗓子很干，干得都要冒烟了，不过我没去喝水，我有比喝水重要一万倍的事情要做，我把纸牌一扔，扑了上去。

袁丹推了我一下，她说："急什么呀，咱俩先聊会儿……"

我当时嗓子不舒服，不能再聊了。而且我的脑袋是木的，只能用下半身思考。另外，我感觉她推我的那一下不是很用力。我有时候是很迟钝，但我又不是傻子，半推半就我还是能感觉到的。我抱住袁丹，把手伸向她胸罩后面的那颗搭扣……

这是一个历史性的时刻！我和我喜欢的女孩就要合二为一了，从此我们的生活就要翻开幸福的篇章。在这个激动人心的时刻……

手机突然响了！

"你是我的小呀小苹果，怎么爱你都不嫌多……"

手机响的时候，我就像是一个被人发现的小偷一样，下意识地缩回了手。

我真恨我自己，曹克已经把所有的细节都替我想好了，而我居然忘了关手机。手机就在枕头边上，屏幕上有来电显示……

曹克？

去他的！我把电话挂了，继续办我该办的事情……

很快，手机又响了，还是曹克！

袁丹和我一样烦躁，她说："你先接电话吧！"

我接了电话。

我尽量克制自己。我说："曹克，我现在很忙……"

曹克的声音听起来很粗鲁，他说："厕所里没手纸了，快给我送纸来！"

厕所里没手纸了？

在这个神魂颠倒的时刻，居然有人告诉我厕所里没手纸了！

我的第一感觉是自己被雷劈了，外焦里嫩，然后我又觉得该被雷劈的应该是这个猪一样的室友，于是我义正词严地对他说："我没空，你用自己的内裤擦吧！"

在挂上电话之前，我听到曹克气急败坏地喊了一声："你个大傻叉，信不信我用你的毛巾擦！"

事后想想，我当时不应该在乎那条毛巾的，大不了再买一条就是了。不过，我当时没这么想，一想到自己的洗脸毛巾就要被人用来擦屁股，我就像吃了大便一样浑身难受。我让袁丹等我一会儿，然后我拿着手纸出门了。

我给曹克送完手纸回来，袁丹有点儿不高兴了。袁丹是直来直去的那种人，宝宝高不高兴，我都能看出来。也许是因为我们要办的事情和曹克正在办的事情太不搭调了，这两件事情本身并没有什么关系，但是它们突然之间搅和在一起，就会让人觉得恶心。我也觉得恶心，但是，我顾不了那么多，我先把手机关了，然后我又扑了上去……

然后我听到了一声巨响——砰！接下来是更多声巨响，砰、砰、砰……

我不确定邻居到底在干什么，也许他在用脑袋撞墙，也许他在墙上钉东西……不管他在干什么，总之，那一阵巨响就像是一串咒语，又把我定住了。

忘了告诉你，我住的这个房子又脏又破，隔音效果很不好。毫不夸张地说，邻居在他的屋里放个屁，隔了一面墙，我都能听得清清楚楚。他睡觉时爱打呼噜，无数个夜晚，我就在那听起来像开着电钻的呼噜声中翻来覆去、生不如死。

我想，邻居好像是个劳模，干什么都很卖力，放屁是这样，打呼噜是这样，这一次也是这样。虽然我看不见他在干什么，但是我知道他一定花了很大的力气，因为挂在我床头的那个画框受到了强烈冲击，摇摇欲坠。

画框里有一位重量级人物，我个人不是很喜欢他的长相，但是，房东喜欢。房东说他是个神仙，可以用来避邪，所以我一直不敢动他。现在有人正在动他，我该怎么办？要不要把画框摘下来，或者先把它扶正了，以免……

画框掉了下来，砸在我四十五度角仰起的脸上。我鼻子一酸，眼泪飙了出来，然后我听到了袁丹的笑声。她可能觉得这很好笑，但是我跟她的感觉正好相反。我被她的笑声刺激到了，于是我抡起了拳头……

就在我的拳头和墙壁相撞之前，隔壁的响声突然消失了，消失得莫名其妙。我收回拳头，耐心地等了一会儿，隔壁再也没有动静。

好了，世界清静了，属于我和袁丹的时刻终于来临了。我酝酿了一下情绪，调整了一下呼吸，然后再一次把颤抖的手伸向那颗搭扣。也许是我太紧张了，在这个重要的时刻，我居然有了幻听，我好像听到有人敲门……

袁丹也听见了，她说："有人敲门！"

我的天哪！

我到底做错了什么？

我就是个送快递的，我以前没做过什么亏心事，我保证以后也不会昧着良心做事，现在我只想和我女朋友做一件让彼此感到愉快的事……

门外的那个人好像很不愉快，她大力敲门，大声嚷嚷，口气听起来很严厉："毛标，我知道你在屋里，快开门！"

我一般不爱说别人坏话，但是，房东例外。我讨厌她，因为她总是在跟我装大尾巴狼。不就是有个城市户口和两套房吗，装什么装！

房东特别胖，也特别矮，但是，她跟我说话的时候，就好像我比她矮一截似的。我第一次来看房的时候，她就站在楼道里等我。楼道里很黑，刚开始我还在猜那个不明物体到底是什么鬼，我以为是个煤气罐，后来我才发现这个煤气罐居然会动，还会说话。她说话的声音好像是从鼻孔里发出来的。如果不是因为租金还算便宜，我早就把她拉黑了，谁愿意看着她的鼻孔，听她阴阳怪气地说话呢？

我匆忙穿上衣服，刚刚把门打开，她就径直往屋里闯，我连忙把门关上，示意她就在门口说话。她斜着眼睛看我，就好像我是住在她房子里的一只臭虫，然后她又开始用鼻孔跟我说话。我能感觉到从她嘴里喷出的唾沫星子溅到了我的脸上。我经常提醒自己，跟她近距离说话时最好打把伞，但是我每次都忘。

她说："房租你打算拖到什么时候？"

我说："是这样的，我们公司最近拖欠工资，我正打算……"

她说："别跟我说那些没用的，你就说什么时候能交上吧！"

我说："半个月吧，交不上我走人，押金我也不要了。"

她不说话了，看了看我的裤裆。

我这才发现，我出来得太过匆忙，居然忘了关上命门。

等我关好了命门，她又看看我身后的房门，继续用鼻孔跟我说话："毛标，我告诉你，在这儿住可以，不许在这儿嫖，不许带小姐……"

"轰"的一声，我身后的房门忽然开了。袁丹探出了脑袋，就像在扔垃圾一样，把她的愤怒扔了出来。

袁丹说："什么情况，谁是小姐呀？你才是小姐呢，你们全家都是小姐！"

房东当时就傻了。她还来不及做出反应，袁丹已经大力地关上了房门。

气氛好尴尬，我连忙解释了一句："我女朋友。"

房东愣了一会儿，转身走了，下楼时她又扔下一句狠话："就半个月啊，再拖的话，立马卷铺盖走人！"

我回到屋里，发现袁丹已经把衣服都穿好了，脸上全都是黑线。我心想，完了，刚才都白忙活了。

袁丹说："毛标，你是想跟本宫玩玩，还是想跟本宫结婚啊？"

我说："当然要结婚的呀。"

她说："没房你结什么婚？"

我说："租房就不能结婚吗？"

她说："我妈不同意！"

我说："为什么呀，你妈为什么不同意？"

她说："我妈说了，房子是女人的生活，也是男人的面子。面子是什么，面子就是脸，毛标你一个大男人，你还要不要脸？"

脸我当然是要的。我觍着脸抱住袁丹，还想继续亲热，但是她一把推开我，走到门口，又停了下来，好像有话要说。

她说："毛标，我告诉你，我可以和你结婚，但是要在你买房以后。记住了，你只有一个月的时间！"

一个月？买房？我都快晕过去了。

袁丹好像是认真的。我认识她已经三年了，见过她笑，也见过她哭，但是，我从来没见过她这么严肃。她说完话，扭头就走了。我追到楼道里，一把没拉住，她已经下楼了。我没有再追下去，我知道，追也没用。

我刚回到小屋门口，就听见一阵马桶抽水的声音。曹克从厕所里钻了出来，嬉皮笑脸地看着我。

他说："这么快就完事儿啦，爽不爽？"

爽你妹呀！

网上有人说，人体的粪便含量是 0.5%，我感觉曹克的粪便含量应该比一般人高很多，超过 25%，甚至接近 50%。我真希望他的痔疮不是长在屁股上，而是长在他嘴里。他的手还是湿的，他撩起身上的 T 恤擦了擦，T 恤上印了四个大字：有钱，任性！

这四个字太刺眼了，简直是对我的嘲弄，我整个人都不好了。

那天晚上，曹克没再烦我，邻居也没打呼噜，但是我有很长时间都睡不着觉。当我终于睡着了以后，我做了一个梦。我梦见自己爬到了一个高不可攀的地方，然后一脚踏空，一直往下掉……

幸运的是，在摔死之前，我及时醒了过来，发现自己一身冷汗。

这样的场景我在梦里见过无数次，每一次都会被吓个半死，我感到很苦恼。有人认为我是在梦里长高，我才不会去相信这种毫无科学根据的屁话呢，但是，我也找不到更科学的解释。

我有个老乡，他在乡下是个兽医，进了城还是兽医，只不过，他看病的对象从牛啊羊啊之类的牲畜，变成了猫啊狗啊之类的宠物。虽然他是给动物看病的，但他也是我唯一熟悉的大夫。我向他咨询过。这没什么可笑的，人跟动物其实差不了多少，有些人甚至还不如阿猫阿狗呢……他告诉我，我总做这样的梦，也许是因为我恐高。

我不知道他说的有没有道理，可我确实恐高。在乡下我不知道自己有毛病，进了城我才发现自己居然恐高，我想，这可能是因为乡下没有高楼大厦。在建筑工地上干活时，有一次我坐上了运送建材的升降电梯，电梯是开放式的，四面透风，特别简陋的那种，刚开始我还没什么感觉，但是，当电梯升到十二层时，我低头向下面看了一眼，我感觉自己都要尿了……

有人玩儿高空跳伞，有人徒手爬摩天大楼，还有人在悬崖之间走钢丝……对我来说，能够在悬崖边站上半分钟不尿裤子，就是进行极限运动了。

你可能在想，像我这样的恐高症患者，哪儿来的胆量在电梯井里跳来跳去？我告诉你，恐怖也分等级，当一种恐怖达到极限时，它就会压过另一种恐怖。简单点儿说吧，我当时被吓坏了，光顾着逃命，哪儿还记得自己恐高！

我原来还以为恐高是不治之症，后来，我才发现自己还有救。帮我治好这个毛病的人，就是许可。不过，那都是以后的事情了。以后的事情以后再说。

不管怎样，那是我的二十二岁生日。它本来应该很美好，结果却那么悲催。可以说，我度过了史上最郁闷的一个生日，因为手纸，因为房租，更因为房子！

其实，我也不能埋怨袁丹。我也觉得，在这个城市里应该有一套自己的房。在别人家的屋檐下，跟女朋友上个床都很难。如果我有房，我想干什么就干什么，不用给别人送什么手纸，也不会被邻居的呼噜声打扰，更不用看房东的脸色。我和袁丹哪怕挂在天花板上做那种事情，也没什么大不了的，谁能管得了我们？所以，我觉得袁丹的要求其实一点儿也不算过分。只不过，这个要求对我来说，比走蜀道还难，难于上青天。一想到房价，我的恐高症就会发作，腿都软了。

小警察很好奇似的："袁丹为什么只给你一个月的时间？"

我说："不知道，我当时也没问。我想，她可能不愿意再等了吧。曹克说，她应该是嫌我穷，想跟我分手，又不好明说，就拿买房当借口。"

小警察追问："那你愿意跟她分手吗？"

我摇了摇头："我当然不愿意了。我那么喜欢她，我干吗要跟她分手？"

郝队忽然说话了，他说："那么，你想过什么办法没有？"

我当然想过。不过，我能想到的办法，大家都能想得到，比如说，买彩票，体育彩票和福利彩票我都买过，花了不少钱，只中过一个五块的。曹克告诉我赌博也能来钱，听说那些人玩得很大，我不敢赌，就算敢赌也没有本钱。斗地主还行，但是，斗地主也挣不来一套房啊。我在电影里看到过有人抢银行，结果不是被击毙，就是被活捉，活捉了以后，还得被击毙，打死我也不敢去抢。偷就不用说了，除了那台电视，我只偷过梨子，那都是很多年以前的事情了。

郝队说："除了偷盗、抢劫、赌博和买彩票，你就没有想过别的什么办法？"

我想了想，又说："盗墓算不算？"

他们都吃了一惊，面面相觑。

我确实想过盗墓。我在网上看过很多盗墓小说，实在想不出办法的时候，我突然就想到了盗墓。我研究过盗墓，对那些小说里描写的各种细节进行研究。我研究了怎么打盗洞，怎么进入墓室，怎么出来，我甚至想过要去弄一套装备，老鼠衣、洛阳铲和罗盘。当我研究完了以后，突然发现一个致命的问题：墓在哪儿呢？哪儿有墓？公墓肯定不行，现代人一般不会有什么值钱的殉葬品。必须是古墓，可是，古墓在哪儿呢？我两眼一抹黑，总不能满大街地去打听，见人就问，请问你知道哪儿有古墓可盗吗……

郝队走到我跟前，又像变魔术一样，亮出了第三张照片。

照片上不是人像，而是一个地方。一栋小楼，门前挂着招牌：伙记装修。

郝队说："这个地方，你有印象吗？"

我摇了摇头："没印象。"

他继续追问："没去过？"

我继续摇头："没去过。"

从照片上看，这是一个装修公司的门脸，我房还没买，就去联系装修？

郝队好像知道我在想什么，他说："装修是个幌子，其实它是个地下钱庄，说白了，就是放高利贷的地方，现在你有印象了吗？"

我仍然摇头："没有，没印象。"

他说："你再想想？"

我说："想不起来。"

我不认识什么放高利贷的，也不知道什么地下钱庄。我跟他们没打过交道。不过，我好像觉得哪儿有点儿不对劲似的，我再看看照片……

伙记？

几个意思？

难道跟那个叫"柴伙"的人有什么关系？

我又慌了。看起来，我必须认识这根"柴伙"了！

原来，郝队套了半天话，就是想知道一件事，他想知道我的杀人动机。

也许，故事还可以这么讲：为了挣钱，也为了挽留女朋友，在曹克的劝说下，走投无路的毛标决定铤而走险，接受了柴伙的条件，帮他们去杀一个人……

太可怕了！

我又感到胸闷，胸腔里剩下的一小半空气好像也被抽走了。

郝队仍然不慌不忙，收起照片，抬起手腕，看了看表。

我心想，我们还有多少时间？

郝队说："不着急，你接着讲，后来呢，你们就把手机卖给许可了？"

我摇了摇头："没有！"

如果把手机卖给了许可，这个故事也许早就结束了。如果一切都那么顺利的话，曹克就不会出事，我也不会被捕。

曹克是个谨慎的人。刚开始他确实有点儿兴奋过头，不过他很快就冷静下来。他认为，这是一单大生意，必须计划周详，不能操之过急，万一出了什么差错，不但弄不来钱，还有可能把自己搭进去。我仍然觉得他说得很有道理。

曹克问我有什么想法，我哪有想法，我又没做过生意。我就是个送快递的，跑腿还行，生意上的事，我基本上一窍不通。

不过，仔细想想的话，我好像也参与过一单生意，那单生意跟卡梅隆有关。没错，就是那个国际著名导演，拍《泰坦尼克号》和《阿凡达》的那个外国人。在我的记忆里，除了卡梅隆，那单生意好像还跟拉面有关，牛肉拉面。

那是我当群众演员时发生的事情。有一天，我和另外几个人在影视基地趴活时，突然来了一个男人，四十来岁，梳个大背头，穿得很讲究，很有大老板的派头。他就像是在挑牲口一样，仔细研究了半天，指指点点，最后指向了我。

开始我还以为他是个导演，来找我拍戏，后来我才知道这事跟拍戏没关系。他姓胡，自称是一家公关公司的老板。他让我干的活儿，性质跟演戏也差不多。他让我扮演他的助理，其实是跟班，说通俗点就是马仔。

我猜胡总的公关公司其实是个皮包公司，不然，他干吗要找人来扮演马仔？不过，扮演马仔总比扮演尸体强，只要有钱可赚，只要不坑蒙拐骗、杀人放火，让我干什么倒也无所谓。

胡总给我弄了一身西装。那是我有生以来第一次穿西装。穿上西装照镜子，我感觉自己也人模狗样的。然后，人模狗样的我，就像是一个布袋木偶一样，屁颠屁颠地跟着胡总出发了。

我们要去谈一笔生意。路上，胡总再三叮嘱我，站要有站相，坐要有坐相，不许乱插嘴，只须待在一旁，做出对他很恭敬的样子。他有可能会对我说什么，我只要点头说是啊是啊就可以了。我有点儿紧张，不过台词很少，压力也不大。

谈判开始了。对方是个男的，一看就是个土鳖，比我还土。不过他很有钱，好像是个煤老板。他想拍一部自传电影，讲述他的奋斗史。胡总说，拍电影没啥问题，问题是让谁来当导演。听起来，胡总跟老谋子、小刚和凯歌都很熟，总在一块儿吃饭。煤老板正在考虑选谁当导演比较好时，胡总突然提到了卡梅隆。他说卡梅隆这两天正好在中国参加一个跟电影有关的活动，最好能邀请卡梅隆当导演。煤老板真是个土鳖，居然不知道卡梅隆是谁，他向胡总打听卡梅隆是卖什么的。我真想插句嘴，卖萌的！不过，胡总说过不许插嘴，我只能憋着。胡总告诉他，卡梅隆是个国际大导演，如果能请到他，这部电影将来很有可能具备国际影响力，让全世界人民都能学习煤老板的先进事迹。煤老板听了很兴奋，连忙问胡总跟卡导熟不熟，胡总当然说熟了，他说邀请卡导不成问题，问题是煤老板能不能先付一笔订金，方便他提前打点、四处活动。为了证明他跟卡导很熟，胡总还说，昨天他还跟卡导在一块儿吃的晚饭。为了找个旁证，胡总突然提到了我。他说，我也是卡导的影迷，所以，昨晚吃饭的时候，他特意把我带上了。他扭头问我："对吧，小毛？"我先是一愣，然后按照胡总嘱咐的那样，连连点头："是啊是啊。"

接下来他们怎么谈的，我就不知道了，我走神了。我在想昨晚吃的是什么，想了半天，我终于想起来昨晚吃的是拉面，服务员还问我加不加肉，我说不加，加一盘牛肉要多花十块钱，对于像我这样的人来说，十块钱也是钱。我后来又想，不知道卡导爱不爱吃拉面，也不知道他吃拉面时加不加肉……

生意最后没谈成，胡总还责怪起我来，他说我像块木头，完全压不住台。他让我把西装脱了，然后，就把我解雇了。本来说好的是一天一百块钱，但是，最后他只给了我五十。五十就五十吧，五十也不少，相当于五盘牛肉，我也认了。

　　从此，我明白了两件事情：一、做生意就跟演戏差不多；二、我演技不行，根本不是做生意的料。

　　曹克好像不怎么爱吃拉面，所以，我的这段经历也帮不上他什么忙。最后，曹克考虑了半天，终于想出了一个听起来很详细也很周全的计划。

　　曹克的计划一共分为三步：

　　第一步，清除手机里的其他资料，下载一个软件，把手机视频做一下剪辑，抹去我们的痕迹，以免给警察留下追查到我们的线索。

　　第二步，侧面了解许可的情况，重点是她的经济状况，看看她家底有多厚，"倾其所有"到底是多少。更重要的是，她会不会报警，暴露我们的身份。

　　第三步，打电话约许可见面，找一个安全的地方，一手交钱，一手交货。

　　如果一切顺利的话，最后我们只剩下分钱这一件事情了。一想到有钱可分，曹克忍不住奸笑起来。他的笑声真难听，我心里很不是滋味。不过，我也没有办法。我不是在找借口，我确实有苦衷，我的苦衷你都知道，女朋友、房子、结婚……令人心烦意乱。

　　接下来，我们开始实施这个计划。

　　第一步比较容易。除了门锁以外，曹克对手机也有研究，他很快就做完了。

　　第三步是实质上的交易环节，非常关键，不过曹克说他有把握，他能搞定。

比较麻烦的是第二步。曹克说这一步也很关键。他初中没毕业，书读得少，却懂得兵法，"知己知彼，百战不殆"这几个字从他嘴里说出来，感觉怪怪的。不过，他说得对。万一许可报警，就算我们拿到了钱，也只能在大牢里花。

我们上网搜了一阵，搜到了一些许可的消息，把零零散散的消息拼凑起来，居然也能拼凑出许可的简历。网络真是一个神奇的地方，让人无处可藏。

许可是本地人，比我小一岁，她的履历很简单：从小学开始跳舞，初中毕业后考入艺校，艺校毕业后考入舞蹈学院，舞院毕业后又考入歌舞剧团。歌舞剧团经营不善，演员们大部分时间闲在家里，演出任务很少，工资也不高。许可家境一般，母亲很早就去世了，父亲是个出租车司机。为了挣钱贴补家用，也为了保持演出状态，她去了"天伦岛"，当上了一名特约演员。

"天伦岛"我知道，那是个夜总会，什么人都有。一个女孩子进了夜总会，总是会让人产生一些奇怪的联想。夜总会里可能有人出卖色相，不过，我觉得不是所有人都要靠出卖色相来获得生存。"天伦岛"里有个小剧场，小剧场里每天晚上都有演出，许可只是那儿的特约演员，她的工作就是跳舞。我跟许可不熟，但是我相信，除了跳舞，那些乱七八糟的事情跟她并没有半毛钱的关系。

　　许可跳的是"空中芭蕾"。这是一个既像舞蹈又像杂技的节目，给人的感觉既美妙又刺激。如果你见过杂技里的"空中飞人"，也许你能明白我的意思。我在看演出视频的时候，心里暗暗替她捏了把汗。要知道，她并没有吊威亚，也没有任何保护设施，身上只绑着一根在空中荡来荡去的绳索，她单手抓住这根绳索，不仅要保持身体平衡，还要做出各种高难度的舞蹈动作……当时我就震惊了。她看上去弱不禁风，想不到手上居然有把子力气。

　　如果你上网搜索的话，也许还能搜到许可跳舞的这段视频。这是"天伦岛"自我炒作的宣传片，点击量到底是多少我已经不记得了，总之有很多网友看了，也有很多人在评论里表示了像我一样的震惊。不过，这段视频并没有让她出名，让她出名的是另一段视频，也就是她为了寻找证人而自拍的视频。网友们管那段视频叫"女神悬赏令"。现在，我和曹克成了准备揭榜的"赏金猎人"。

　　许可家境一般，我认为赏金也不会太高，但是曹克不这么看。在曹克看来，像许可这样的人，一定能找到为她买单的人，也一定会有人排队等着为她结账，所以说钱不是问题，问题在于许可会不会报警。

　　网络也有短板。这个问题的答案在网络上搜不到，还得在现实生活中寻找。我觉得很难，但是，曹克眼珠子一转，又想出了一个办法。你猜他想出了什么办法？他居然让我想办法接近许可，去她身边充当"卧底"。

我当然不愿意了。因为这个，我们争论了半天。

曹克说："你跟许可见过面，也算是认识，而且，你救过她，帮过她的忙，她肯定对你印象不错，不会有戒心的。咱们里应外合，万无一失！"

我断然拒绝："不行！你别让我干这事，这事我干不了！"

他说："怎么了，怎么就干不了呢？"

我说："我说过我演技不行，万一我演砸了怎么办？"

他说："不需要演技，有同情心就行。你不是看她可怜，你不是同情她吗？那你去安慰她呀！她现在最需要安慰，最需要同情。放心吧，她不会怀疑你的，她只会感动。一旦她被你感动了，她什么都愿意跟你说，你信吗？"

我继续摇头："不行，你知道我心理素质不行！"

他继续劝说："坏人我来当，你是去当好人，当好人要什么心理素质？"

我还想推辞，曹克已经使出了撒手锏。

他说："要不，我给袁丹打个电话，让她来劝劝你？"

他掏出了手机，我吓了一跳："别，千万别告诉她！"

他用眼神胁迫我："那你干不干？"

我犹豫了一下，终于松口："好吧，我干！"

曹克收起手机，得意地笑了。他一笑，我就想抽他。

我忽然又想起了另一个问题："我去找她，我跟她说什么呀？"

他好像不明白，就像我在说外语似的："什么意思？"

我说："我以什么理由去找她？总不能跟她说，听说你需要安慰需要同情，那我就来安慰安慰你，同情同情你吧？"

他顿时怒了："你个猪脑子！她不是生病了吗？你就说不放心，来看看她，这不就行了吗？这么简单的事，还用我教你！"

这么简单？

我忽然想起，医生给许可开的药还在我这儿，我本来就打算去给她送药的。这么一想，它们哪里是药，简直就是老天爷赐给我们的道具！

就这样，我带上药，再带上一兜子水果，出发了。

我像个探亲访友的乡巴佬一样，来到了许可家门口。

许可家的门是关着的。不知道为什么，越是接近她家，我就越是心慌意乱。我本来希望她在家的，但是，到了门口，我又希望她不在家。我像个小偷一样，鬼鬼祟祟的，在她家门口走过来走过去，徘徊了半天。我差点儿就掉头走了，不过，最后我还是控制住了自己。

万分忐忑中，我硬起头皮，举手敲门……

第六章

敲门声响起。

进来的是个女警察。她把一个文件夹交给郝队，看了我一眼，转身就走了。没有表情，也没有废话。我想，不管男的女的，只要是警察，好像都挺酷。

郝队看看文件夹里的东西，表情有了一点儿变化。怎么说呢，如果是斗地主，我感觉他好像是抓到了一手好牌，比如说，四个老 A，或者四个二。

那是一份手机通话记录，密密麻麻的，看得我眼睛都花了。

这叫什么牌？我又该出什么牌？

通话记录上，有一行特意加了下划线，很醒目。

郝队说："这个号码，是你的吗？"

我仔细看了看，点了点头："是我的。"

被叫方的号码确实是我的，我不能否认，否认也没用。

郝队又指向主叫方的号码："这个号码是谁的，你知道吗？"

我摇了摇头："不知道！"

他说："真的不知道？"

我说："真的不知道，谁呀？"

他说："柴伙！"

柴伙？

我脑袋里"嗡"了一下。

我感觉自己站到了悬崖边缘，距离崩溃只差一步。

柴伙真是阴魂不散，他终于用一个通话记录向我发起了恐怖袭击！

郝队说："你不是说，你不认识他吗？"

我说："我就是不认识他！"

郝队追问："不认识你们为什么通电话？"

我张口结舌，脑子飞速运转，终于想出一个理由。

我说："可能……他打错了吧。"

郝队怀疑地看着我："打错了？"

我感觉自己抓到了一根救命稻草，连忙确认："对，应该就是打错了。"

郝队说："那么巧？"

我说："巧吗？"

听起来确实有点儿巧。其实我还有更好的借口，不过我心里一慌，没想起来。既然已经这样说了，我也只能咬紧牙关，坚持到底。

郝队再看看通话记录："通话时长四十七秒，打错了？"

我继续点头："啊。"

小警察插嘴："打错电话一般只持续三五秒，四十七秒，你们哪儿那么多话？"

谁说的打错电话一般只持续三五秒钟？我真想告诉他，打错电话也可以聊三五分钟，甚至更长时间。

我接到过一个莫名其妙的电话，对方是个男的，上来就问我吃饭了没有，我说吃过了。我不知道对方是谁，听口气好像跟我很熟似的。不过，我也没问他是谁，只怕问了显得我很没礼貌。他又说："你最近忙什么呢？"我说："没忙什么，瞎忙。"我希望他多说几句，我好根据声音来判断他是谁。他仍然跟我很熟似的，又问："最近遇到什么麻烦事没有？"我说："并没有。"他继续说："最近缺不缺钱？"我心想，看来他真的跟我很熟，不然他怎么知道我缺钱呢？我说："缺，我最缺的就是钱，我什么时候都缺钱！"他说："你怎么也不问问我是谁呀？"我说："你是谁呀？"他说："我是谁并不重要，重要的是我能帮你。"我说："你怎么帮我？"他终于进入正题了，他说："我们可以提供无抵押贷款，你要不要考虑一下……"

考虑你妹呀！

我把电话挂了。我知道，无抵押绝对是假的。也许，在他们眼里，我的胳膊、我的腿、我的肾，甚至我这条命，都是抵押物。如果我还不起钱，他们想要什么，我就得给他们什么。或者，他们想让我干什么，我就得干什么。

小警察鄙夷地看着我，好像知道我都干了什么似的。他可能在想，我和曹克真是贪得无厌，不但自己杀了人，还要拿着另一拨凶手的杀人证据去敲诈许可，太可恶了！不过，他爱怎么想就怎么想吧。他不明说，我也用不着解释什么。

我看了看郝队，郝队也看看我。他手里好像有个遥控器，他说暂停就暂停，他说继续就继续，我都已经习惯了，只等着他按播放键，好继续讲我的故事。

果然，郝队按下了播放键："继续吧，说说你是怎么当卧底的？"

好吧，那就说说我的卧底经历。

回想起来，就是从我敲开许可家门的那一刻开始，我的命运又发生了改变。这种改变是不可逆转的，它让事态变得更加复杂，它也直接导致了后来那一系列惊心动魄的事情的发生。可以说，我敲开的是一扇关乎自己命运的大门。

门开了。许可在家。

看到我，许可愣了一下，好像很意外。

我举起手里的袋子："医生昨天开的药，忘了给你！"

她接过袋子，眼波一闪。看得出来，她很感动。

她说："谢谢，还让你跑一趟，本来我也打算去找你的。"

我说："找我取药吗？"

她摇了摇头："不是。你帮了我，我应该好好谢谢你的。"

我说："别那么客气，你好点儿了吗？"

她说："好多了！"

她看上去确实好了一些，脸上有了一点点血色。这点儿血色让她看起来更加生动、更加漂亮，也更加让人心疼。

我不知道接下来该说什么了，不过，我也没打算离开，我尴尬地站在门口。许可这才反应过来，让开了房门："你进来坐会儿吧。"

我进了屋，坐下了。

许可家里外两间房，看上去虽然很朴素，却不失普通人家该有的那种温馨。外屋的侧墙已经塌了一块，透过屋顶可以看到一小片天空。大门上的锁头也被人为破坏了，只能用铁丝缠绕。窗户上破损的玻璃，还没有来得及修复。

我不止一次地想象过那幅画面：残垣断壁之中，一栋黑砖小房顽强地矗立着，犹如废墟中的孤岛。一阵"咣咣"的锤击声传来，打破此处的寂静。黑暗中，几个人影在房顶用大锤和铁镐大力猛砸，凶狠的声音里包裹着仇恨。突然间，"轰"的一声，山墙顶部坍塌下来，烟尘暴起，屋顶的一角也被砸漏。这时，一辆出租车亮着大灯由远及近地开了过来，几个人影立刻住手，跳下房顶，像一阵烟雾似的，消失在夜幕之中……

我回过神来，看到一面墙上挂了两幅遗像，那是许可父母的遗照。我心里发虚，不敢跟照片上的许本昌对视，连忙移开了视线。

许可没有注意到我的反常。她一边给我倒水，一边解释："他们半夜拆房，想逼我们搬走，我爸去找他们理论，还挨了一顿打。"

这个情况我早就知道，不过我装作是第一次听说，然后点了点头。

我说："别人都搬了，你们为什么不搬呢？拆迁补偿不合适，是吗？"

她看了我一眼："不是钱的问题！"

不是钱的问题，那是什么问题？我很好奇。

许可没往下说，我也没追问。我和她才认识不久，还没到无话不谈的地步。如果我表现得太过好奇，只怕她会起疑心。

我们就这样坐着，有一阵子我们都没有说话，气氛有点儿尴尬。

我是带着任务来的，但是，我实在想不出什么办法来切入我感兴趣的话题，总不能直接问她打算出多少钱，会不会报警吧！

就在我如坐针毡的时候，突然响起了敲门声。

怕什么来什么。进来的居然是两名警察。一看见警察，我的腿又开始发软。不过，我坚持住了。他们不一定知道我是谁，我干吗要那么心虚？

两名警察都人到中年，一高一矮，都穿着警服。他们果然不是冲着我来的，他们是冲许可来的。

　　高个子先做了自我介绍："我们是天伦山分局刑警队的，我姓冯……"

　　矮个子说："我姓廖。"

　　许可说："你们是分局的，我爸的案子不是由市局刑警队办理吗？"

　　姓冯的说："案子是由市局刑警队负责侦办，但是，案发地点是在我们分局辖区内，许小姐也居住在我们分局辖区内，所以，我们有责任保护你的安全。"

　　姓廖的说："这件事在网上闹得沸沸扬扬，网上鱼龙混杂，如果有人自称是目击者跟你联系的话，你千万不要贸然处理，要相信公安机关，一定要及时跟我们联系，我们更有经验，也更有能力处理这种事情。"

　　许可说："好的。"

　　两个警察这才看了看我，好像刚刚想起屋里还有个人似的。

　　姓冯的说："这位是……"

　　许可说："哦，他是我朋友。"

　　朋友？不知道为什么，我的心突然一动，有一种说不出的滋味。

　　警察走了。走之前，他们给许可留下了联系方式。

　　我和许可又坐了一会儿，仍然找不到话题。警察的出现让我感到心慌意乱，想不起该说什么了。我觉得我也该走了，如果我再坐下去的话，就有点儿不要脸了。于是我站了起来，向她告别："我走了，你注意身体！"

许可也站了起来，她说："你先别走，我请你吃个饭吧。"

我说："方便吗？"

她说："没什么不方便的，我也该吃饭了。"

曹克真是老谋深算、料事如神，他特意让我赶在这个快吃饭的时间点来找许可，等的就是她的这句话。

我们就近找了个人少的餐馆，一边吃着，一边聊天。

我能感觉到服务员在不远处冲着我们指指点点。我总觉得她们是在议论我，议论一只癞蛤蟆怎么会跟白天鹅在一起。后来我又想，也许她们是在议论许可。她们应该认得出许可，毕竟许可已经是个红人了。

许可问起了我的情况，我告诉她，我就是个送快递的。她好像有点儿意外，不过她也没说什么。

其实我对许可已经比较了解了，但是我也装作不知道的样子，问起了她的情况，她也告诉我了。她说，她是跳舞的，跳的是"空中芭蕾"。

我没话找话："空中芭蕾，一定很美！"

她说："我的工作，就是创造美。"

我自然而然地提起了她的悬赏视频。我说："我看到你在网上发的视频了，你相信存在证人吗？"

她说："人在做，天在看，我相信，总会有一双眼睛能看到凶手！"

我真想告诉她，她想象中的那双眼睛，此刻就在她面前，距离她一步之遥，但是，我忍住了。我没有那个胆量，也没有那么冲动。

我说："你爸爸的事，你也别太难过了！"

一提到她爸，许可的眼圈突然红了。她双手捂脸，忍了一下，不过没忍住，眼泪哗啦哗啦地往下流。我递给她一张纸巾，默默地看着她哭。

她哭起来的样子真让人心疼。

我地位卑贱，但是我也有正常人应该有的爱恨和悲欢。就算我是一块木头，我也会有感觉，更何况，我心里还藏着一个那样的秘密。

我突然鼻子一酸。我忍了一下，结果也没忍住，眼泪很不争气地流了出来。

许可擦了擦眼泪，不好意思地看着我，而我还来不及掩饰……

她看到了我的眼泪，愣住了。然后，她带着几分感动，递给我一张纸巾。

我流眼泪，一是因为同情许可，二是因为我感到很惭愧。我真的特别惭愧，我觉得自己简直就是一个浑蛋，一个乌龟王八蛋！

但是，许可根本不知道这些。她泪光闪闪地看着我，掩饰不住内心的感动。

我真想告诉她，世道艰难，人心不古，千万不要轻信别人，不要以为世界上都是好人，比如说坐在她面前的这个人，也就是我，我就是个坏人。

我忽然想起了一个问题："你男朋友呢，他为什么不来陪你？"

她说："我没有男朋友。"

她这么漂亮，没有男朋友……我不信。

她好像知道我在想什么，她说："有人追过我，不过我觉得他们都太现实、太浮躁了，我喜欢踏实一点儿的男孩，没钱也不要紧。"

踏实一点儿的男孩？

我觉得她的要求太高了。

这是一个多么浮躁的时代，还有踏实的人存在吗？

当然，这个话题不能再继续了，再继续下去，我们就像是在相亲了。

我换了个话题："你的朋友呢？普通朋友……"

她说："他们来看过我，不过，他们都忙，我也不好意思麻烦别人。"

我说："可是，你现在需要有人陪……"

她突然问我："你忙不忙？"

我说："不忙。我没事，我这几天正好休假。"

然后，许可调整了一下情绪，她开始倾诉了。

就像曹克预测的那样，一旦我把她感动了，她就会很信任我，什么都愿意跟我说。

她对我毫无防备。也许她太难受了，也许她根本无法独自承受那样的痛苦，她也希望自己能从痛苦中逃离出来，哪怕是一小会儿。就在一天之前，我们还素不相识，现在却像是最值得彼此信赖的亲密朋友。

许可说到了她的家庭，说到了她的爸爸，也说到了她的妈妈。她想到哪儿，就说到哪儿。说一会儿，哭一会儿，哭完了继续说，说完了继续哭……

在她断断续续的讲述中，我听到了一个先让我感动，后让我愤怒的故事：

当出租车司机之前，许本昌原本在一家国企工作，还是个不大不小的领导。妻子姓吴，是个中学老师。家境谈不上多么富裕，不过也算殷实，小康之家。那时候许可还小，她的童年过得很幸福，这种幸福感不仅来源于良好的物质条件，而且来源于良好的家庭氛围。在她的记忆里，父母很恩爱，都很疼她，家庭很和睦，一切都很美好，直到有一天，她妈妈突然晕倒在课堂上。

为了照顾生病的妻子，许本昌辞去了工作，但是妻子的病情始终不见好转。他们四处求医，几乎花光了积蓄。许本昌还变卖了家里所有值钱的东西，最后，就连他们原来住的那套宽敞的三居室楼房也卖了，换成了现在这套简陋的平房。即使是这样，最后他也没能留住自己的妻子。

就这样，许可失去了妈妈，幸好她还有爸爸。

妻子去世之后，许本昌没能回到原单位上班。他开起了出租车，白班、夜班一人承担。他仍然疼爱许可。他没再结婚，他说他有许可就足够了。他拼命干活，省吃俭用，供许可上学，供她上完艺校，又供她上大学，一直到她大学毕业。

许可也心疼她爸。当她开始自食其力之后，她劝她爸别开车了，好好休息。但是，许本昌还是那么拼命，他说他想给许可存一笔钱，就当是嫁妆。许可说，她不需要嫁妆。别人都劝他，女儿那么漂亮，还要什么嫁妆？许本昌不这么看，他生平最怕的就是被别人看不起，所以他继续拼命工作，许可也劝不住。

有一天，他们居住的这个地方被划入拆迁区域，开发商派了几个代表过来，手里拿着拆迁合同。在具体的拆迁补偿条件上，许本昌和他们有一些分歧。其实有分歧也很正常，一切都可以协商，但是，一个叫周正的人好像喝了点酒，他很不耐烦，甚至还说了脏话。许本昌当然要请他们出去，毕竟那是他家。

许本昌的态度也许不大客气，但是，周正的态度更加恶劣，他继续说脏话，最后还扬手打了许本昌一记耳光。

许本昌被打蒙了，还没等他回过神来，周正已经走了，临走时留下一句狠话："让你站着签你不签，回头让你跪着签，不签也得签，你信不信？"

如果是我，我可能就信了，但是许本昌不信。我说过，他是一个执拗的人，他居然指望周正道歉。他说，如果周正不道歉，他就不会签那份合同。

周正当然不会道歉。他的字典里大概不会有"对不起"这三个字。即使有，也不会用在许本昌这样的人身上。他说，拆迁补偿可以商量，但他就是不道歉。他越不道歉，许本昌就越抓狂。后来，许本昌就像中了邪一样，百折不挠，一次次地去找周正讨个说法，不达目的誓不罢休，任谁也劝不住。

许本昌为什么要这么做？我感到无法理解。

许可说："他要的不是一句道歉，而是尊重！"

尊重？我想起许可说过的，这不是钱的问题……难道是尊严的问题？

我好像理解了许本昌。别人也许还不能理解他，但是，我能理解。

我以前在网上看过一篇报道，有个记者"走基层"，来到了西北地区采访。在一个偏远的小山村里，他遇到了一个穷困潦倒的老农民，他问对方最需要什么。他以为对方会提一些物质上的要求，比如说钱或者粮食，我也这样以为。但是，面对记者的摄像机镜头，老农民只说了两个字：尊重！

你可以想象一下，当这两个字从一个愁容满面的老农民嘴里蹦出来的时候，我的心里受到了多大的震撼！

谁不需要尊重！尊重本来应该像空气一样，人人可享，但是，为什么有些人自己想大口呼吸，却要扼住别人的喉咙？

在我上小学的时候，我曾经亲历过一场慈善活动。有一天，学校里来了一群陌生人，一看就是城里人，每个人都带着孩子。他们是在一个慈善机构的组织下来农村扶贫的，其实就是捐钱捐物。在慈善机构的安排下，还有个小小的仪式。像我们这样的农村孩子，就跟一群木偶似的，排成一队，从那些城里孩子的手上接过他们送出的礼物，有书包、文具、书本等，然后按照大人的要求，做出很感激的样子，说一些感激的话。

那时候我还小，看着那些跟我们差不多大，但是发育比我们好的城里孩子，看着他们趾高气扬的样子，我感觉怪怪的，心里很难受。现在我长大成人了，可以具体描述一下当时的感受。我想，他们都是好人，不然，他们不会捐钱捐物，但是，他们为什么要搞那样的仪式呢？不那样做，就不能表现出他们的爱心吗？我真是搞不懂，他们到底是想献爱心，还是想表现他们的优越感。

人们都说，有得必有失。当时我得到的是一个书包，我失去的又是什么呢？长大以后，我一直很自卑。我想，我之所以自卑，好像跟这件事也有一点儿关系。

进城以后，我见过太多大尾巴狼。他们总是在我面前表现他们的优越感，总是让我自惭形秽、无地自容。他们的优越感要么来源于地位，要么来源于钱包，要么来源于学识……千奇百怪，五花八门，甚至只是凭一个城市户口，他们就可以对我横眉冷目。我经常会琢磨，优越感到底是个什么玩意儿？

我从网上看到过另一篇报道，一个大学生，杀死了和他同宿舍的几个同学，然后，他自杀了。报道里介绍说，他是个农村孩子，寒门子弟，来自贫困地区，苦读十年终于考上大学，期望改变命运，却成了宿舍里的那些城里孩子取笑的对象。报道还分析说，长期压抑的感觉累积成了仇恨，最终导致他做了那件事情。

这就是他的杀人动机！

你看，优越感就好像是一把刀，可以杀死别人，也可以杀死自己。老实说，当我被别人欺负时，当别人在我面前表现优越感时，当别人肆意践踏我的尊严时，我也起过杀心，只不过我还有那么一点理智，我也没有挥刀砍人的胆量罢了。

算了，不说我的感受了，继续说许可的故事吧。

后来的故事你也知道了。开发商按捺不住了，趁着夜幕，派人去掀了许可家的房顶子。他们并没有把整栋房子都拆了，也许是不想把事情闹得太大，也许是想给许本昌一个小小的警告。许本昌当然不会接受这个警告，他彻底疯了，他变得更加偏执，然后就发生了雨夜中的那一幕。那么惨烈的一幕，又把我和曹克卷进了这个故事里。

许可说完了，她擦了擦眼泪，平复了一下情绪，然后抬起眼睛看着我。

她说："谢谢你！"

我说："谢我什么？我什么都没做。"

她说："谢谢你听我说话，说出来就感觉好多了。"

她也太尊重我了，我都不知道该说什么好了。

她说："说说你吧。"

我说："我就是个送快递的，没什么好说的。"

她说："说说你的经历吧，我还挺感兴趣的。"

居然有人对一个送快递的感兴趣，我简直受宠若惊。

我突然想起了曹克。我出门之前，曹克曾经叮嘱过我，一定要多找些话题，和许可聊聊，最好能说说笑话，转移一下她的注意力。他说，人在痛苦的时候，最需要的就是转移注意力。

我不大会讲笑话。笑话大多是嘲弄别人的，我哪儿有什么资格嘲弄别人，我能嘲弄的，只能是我自己。我自己就是个笑话。许可想听，那我就说给她听。我觉得，她也确实需要转移一下注意力，离痛苦远一点儿，再远一点儿。

关于我的第一个笑话，还是在我当群众演员时发生的事情。我扮演过几具尸体，基本上都是些鬼子兵的尸体。如果你看过抗战神剧，你就有可能看过我的表演。有一次，导演让我躺在一个弹坑旁边，叮嘱我千万别动，一动就穿帮了。我说，放心吧，我绝对不动。结果拍摄的时候，我还是动了。我不知道身旁有个炸点，"轰"的一声，我被吓坏了，爬起来就跑。我听到有人喊："诈尸了，那个尸体跑了！"导演冲我咆哮了一通，然后我就被踢出了剧组。

关于我的第二个笑话，也跟做群众演员有关。这一次，导演给了我一句台词。大意是日本军官问我，那个八路长什么样，我说，裹条头巾，穿一身黑衣服，好像是个偷地雷的。就这么一句台词，我背了半天，生怕出错，结果还是演砸了。实际拍摄的时候，我说他裹条头巾，穿一身黑衣服，好像……好像什么来着，我太紧张了，脑子里一片空白，居然将台词忘得一干二净，情急之下，我胡诌了一句：好像是猴子请来的救兵！我听到导演大喊一声："滚！"然后我又被踢出了剧组。

许可果然笑了，浅浅一笑。她笑起来真好看！

她说："你真傻！"

我点了点头，表示我真的很傻。

我像个球一样被导演们踢来踢去，把我的演员梦踢灭了。后来我就不干了。不过，我也没有立刻就去送快递。送快递之前，我还在一家火锅店里打过工。

关于我的第三个笑话，跟火锅店有关。我是个杂工，任务就是收拾餐桌。有一次，一桌客人离开以后，我去收拾桌子，我发现客人把烟头扔在了汤料里。我觉得他们简直是太没有素质了，我觉得我有必要向老板娘汇报一下这件事情，我说："老板娘，他们把烟头扔到汤锅里了，这锅底料不能再给别的客人用了吧？"可能是我说话太大声了，所有客人都看着我。老板娘的嘴张得巨大，要把我吃了似的。后来所有客人都不肯买单。我又被老板娘踢出了火锅店，这才当上了快递员。

这一次，许可没笑。她呆呆地看着我，好像在研究我是个什么样的人。

她说："你是故意那样说的吧？"

我真不是故意的。虽然我也希望自己是故意的，但是，我有那么蠢吗？

许可好像还想说什么，不过，她还没来得及说，她的手机就响了。

我知道，轮到曹克出场了。

我能想象出他的样子：躲在某个角落里，胡子拉碴的嘴贴着手机，压低声音，故作神秘，故弄玄虚。我听不见他说话的声音，但是我能猜到他在说什么。在我出门之前，曹克一直在背诵他的台词，我的耳朵都听出茧了。

曹克的第一句台词："许可吗？"

许可的反应是："是我，哪位？"

曹克的第二句台词："你想知道凶手是谁吗？"

许可脱口而出："谁，谁是凶手？"

许可惊恐地看了我一眼，我下意识地回避了她的目光。

曹克的第三句台词："你先告诉我，你说的倾你所有，到底是多少啊？"

许可说："你有证据吗？我要看证据！"

曹克把电话挂了。许可扭头看我，眼神茫然。

我不知道应该做何反应，只能明知故问："是证人吗？"

许可紧张地点了点头。手机忽然又响了，是一条彩信。

不用看，我也知道那是一张图片：拍摄角度居高临下，许本昌躺在雨地里，他身旁的几个人影却做了涂抹，被白色粗杠遮掩得非常彻底。

许可急得叫了起来："凶手呢？怎么看不到凶手……"

轮到我表演了。我凑过去，触动手机屏幕，把图片放大，指向图片的底端。

图片底端是视频进度条，我向她示意："这是个视频截图！"

手机第三次响起，我们都被吓了一跳。

许可接了起来："喂！"

曹克的台词："你爸是怎么死的，凶手是谁，在这段视频里都可以看得到，你想要的话，拿钱来换……"

许可感到很震惊："一百万！"

一百万？

我也被吓了一大跳。这是我没有想到的。曹克排练时的台词里并没有这一句。看来他是故意隐瞒我的，他担心我坏他大事。我原本以为他最多要个三五十万，没想到他居然敢要一百万！

许可急出了哭腔："我没有那么多钱！"

曹克欲擒故纵："没有？那我就不打扰你了，再见！"

许可慌了："等等！我有六十万，六十万，我可以都给你！"

曹克沉默了一会儿，继续说台词："你先取钱吧！"

许可流下了眼泪："我要先看证据，你先把视频发给我，好吗？"

曹克的台词："你别以为我傻，视频发给你了，钱我还能收到吗？"

许可说："我保证！你把银行账号发给我，我马上把钱给你汇过去。"

这一步也在曹克的预料之中。他说过，发银行账号，等于给警察留下线索。所以，他的台词是："还是现金交易吧，你先取钱！"

许可说："你在哪儿？我取了钱，去哪儿找你？"

曹克说："你先把钱取出来，等我电话。不许报警！你在明处，我在暗处，你做了什么，我都能看得见。如果你敢报警，后果你懂的，我拿不到钱无所谓，你也永远别想拿到证据了！"

曹克又把电话挂了。

许可抓着手机，哆哆嗦嗦，六神无主。

她忽然又扭头看着我，好像是在向我寻求主张。

我犹豫了一下，试探性地说出了那句关键台词："要不要……报警？"

许可拼命摇头："不能报警！"

我说："为什么呀，为什么不能报警？"

许可说："万一他真的把证据毁了呢？那可是最直接的证据。我问过警察，他们说，要抓住凶手，需要直接证据！"

我暗暗松了口气，又说："六十万，你有吗？"

她说："我有。那是我爸一辈子省吃俭用存下来的钱，我可以都给他！"

我没想到她居然这么坚决，我反倒有点儿不安了。我也不知道为什么不安，也许是我还有那么一点点良心，也许是我不忍心那么干。

我说："你真的打算给他六十万？"

许可已经站了起来："他让我现在就去取钱！"

我想先劝劝她，让她冷静一下："要不，你还是再想想吧……"

许可转身就走，走得匆匆忙忙。我拔腿就追，但是服务员把我拦住了。

服务员说："先生，账还没结呢！"

我只好留下来结账。不过，我刚刚把钱包掏出来，许可忽然回来了。她把账结了，企求地看着我。

她说："我从来没有拿过那么多钱，你能跟我一起去取吗？"

我们先去取车。许可有一辆小车，就停在餐馆门口。

我们上车，先回许可家取了存折，然后又一起去了银行。

但是，我们并没有取到钱，两手空空地从银行里走了出来。

大街上人来人往。我忽然看到了曹克，原来他一直在跟踪我们，鬼鬼祟祟，忽隐忽现。他骑在摩托车上，戴个头盔，只露出一双阴沉的眼睛。但是，我能认出他来，他的 T 恤很显眼：有钱，任性！

我看他一眼，他也看我一眼，踩起油门，摩托车消失在密集的车流之中。

我扭头看看许可。许可很着急，却无可奈何。

我安慰她："急也没用。如果他再来电话，你就告诉他只能等明天了。"

她点了点头："你去哪儿？"

我说："回家。"

她指了指停在银行门口的那辆小车："你住哪儿？我送你吧。"

我说："不用，绕远了！"

她说："没关系的。"

我说："真不用，我坐地铁也很方便。"

许可没再坚持，我们就分手了。

分手的时候，我从她的眼神里看出了她对我的感激，好像还有点儿不舍。我不敢看她，转身就走。我能感觉到她仍然站在原地，看着我的背影，但是我仍然不敢回头。我加快步伐，穿过了马路。

我走进了地铁站。片刻，我又悄悄走了出来。我躲在一块户外广告牌后面，偷窥马路对面。我看到许可钻进了小车里，小车开走了。

我的手机响了，来电话的是曹克。我走到一个没人的角落里，接了电话。

曹克说："为什么不取钱？"

我说："六十万，你说取就取吗？银行让提前一天预约。"

他说："她不会报警吧？"

我说："不会，她想要证据！"

他说："行吧，先回家，回家再说！"

我还想说点儿什么，曹克已经把电话挂了。

我回到了出租屋。

　　曹克比我先回来。他在小桌上铺开了一张地图，像个运筹帷幄的将军一样，手上拿着一支铅笔，在地图上做记号。看着他小人得志的样子，我很想抽他。

　　他冲我招手："你也过来看看，看看在哪儿交易比较安全。"

　　我根本没心思看什么地图，我说："咱们非得这么干吗？"

　　他抬头看我："怎么，你又怕了？接下来又不用你出面，你怕什么呀？"

　　我说："不是怕，是太没底线！"

　　他说："哪儿没底线呀！我不是说过吗，市场经济……"

　　我懒得听他的那一套歪理邪说，连忙打断他："那是她爸一辈子的积蓄！"

　　他说："那又怎么样？你别忘了，这段视频也是咱俩拿命换回来的！"

　　他伶牙俐齿，我根本说不过他，但是，我仍然于心不忍。

　　他又看了看我："你小子是不是中了她的美人计，腿一软，立马叛变了？"

　　我说："滚！"

　　我走进自己的小屋，躺下了。

　　长夜漫漫，我又做了一个梦。冥冥之中，我又回到了安达家园。

　　我站在瓢泼大雨里，看到周正从我身旁跑过。他抡起钢筋，发出致命一击。许本昌立马倒地，血流满面。周正和马仔们面目狰狞，转身走了。我想抓住他们，却浑身无力，挪不动脚步，也抬不起手臂，只能眼睁睁地看着他们消失在雨幕中。许可从雨幕中跑过来，痛苦地瘫倒在她爸爸的身旁。她猛地抬头，直勾勾地看着我，一双泪眼里充满了愤恨，忽然一扬手，把一沓蘸血的钞票扔在了我的脸上……

　　我被惊醒的时候，天已大亮，一束阳光透过窗帘的缝隙，打在我的脸上。

第
七
章

电视恢复了信号，屏幕里显示出一张图片。

正是曹克通过彩信发给许可的那张图片：许本昌躺在雨地里，周正等人的身影却做了涂抹，被白色粗杠遮掩得非常彻底。

我自己都忘了，除了那段视频以外，我的手机里还有这张图片。

郝队说："图片是谁处理的，是你，还是曹克？"

我说："曹克。"

我说过，曹克的计划很周密，他担心许可不相信我们有证据，就截了图，当作诱饵。他还说，先不能暴露周正和他的马仔们，暴露之后就拿不到钱了。

郝队说："视频呢，视频也做过剪辑？"

我说："啊，曹克剪的。"

曹克剪辑视频这个情况，我好像早就说过了，不知道郝队为什么才想起来，也不知道他问这个到底有什么用意。

他说："剪掉了什么内容？"

我说："不知道。"

他说："你没看过完整版的视频？"

我说："没有，没看过。"

他继续追问："剪辑的时候，你在场吗？"

我继续摇头："我不在场，我没看见他剪。"

郝队用犀利的眼神看着我，我接不住他犀利的眼神，连忙把视线扭开。

其实我没有必要心虚，我说的是实话。周正杀死许本昌时，曹克拿着手机。曹克准备爬窗户逃跑的时候，无意中把手机落在了窗台上，它才回到了我手里。我当时太紧张了，只想着怎么逃命，哪儿还顾得上去检查视频呢？高丽丽一出现，手机就跟着她掉了下去。后来，我从许可的包里拿回了手机，确实检查过视频，不过我只看了一小段，看到周正抡起钢筋击向许本昌的脑袋时，我就看不下去了，我受不了那样的刺激。再后来，曹克又把手机夺走了。等我再看到视频的时候，它已经被剪辑过了。我不知道曹克具体剪掉了什么，他没说，我也没问。

郝队也没再追问。他把手机交给小警察，示意他去找技术人员想想办法。

　　小警察拿着手机走了。他有点儿不情愿似的，也许他还想继续听我讲故事。

　　我想，技术人员有那么神通广大吗，他们真的能把视频恢复成完整版的？我心里又开始忐忑起来。虽然我不知道被曹克剪掉的那一段内容具体是什么，但是，我好像又有一种不祥的预感。曹克曾经说过，剪辑视频是为了保护我们，那么，一旦手机里的视频恢复成原样，就意味着我们失去了保护。如果我们失去了保护，结果又会是什么呢……

　　快打住！我在心里说，不能再往下想了，再往下想我又要尿了。

　　我和郝队好像已经有了默契，我知道他叫了一会儿暂停，马上又会继续。

　　果然，郝队又开口了，话归正题。

　　他说："刚才说到你做了个梦，梦见许可把钱甩你脸上了，然后呢？"

　　我说："然后我就后悔了，不想再找许可要钱了。"

　　他说："良心发现？"

　　我说："啊。"

　　他不明白："做个梦就良心发现了？"

　　我继续点头："啊。"

　　他继续追问："你不是需要钱吗？既然需要钱，为什么又后悔呢？"

　　我说："因为……许可很尊重我，我不能再找她要钱了！"

我不知道郝队能不能理解我的意思。他好像理解了似的，若有所思地点点头。不过，我还想再解释几句，我压抑得太久了，我也需要一个出口。

虽然我没什么文化，但是我知道，即使像我这样的人，也配得到尊重。我没什么信仰，我只信仰尊重。我想，穷也许是我的命，我能接受一辈子受穷，但是，我不能忍受一辈子不被人尊重。虽然我的微博没有加 V，只有七个粉丝，我却认为自己理应得到尊重。我认为，获得尊重是我与生俱来的权利。我说过，尊重应该像空气一样，人人共享。但是，实际情况却不是这样的。对我来说，钱固然重要，尊重也很重要。我很缺钱，但是，我更缺尊重。在尊重这件事上，我长期缺氧，几乎无法呼吸。所以，当一个女孩平等地看着我，真诚地感激我时，她给我带来了氧气，我也应该感激她才对，我怎么忍心找她要钱！

郝队说："所以，你阻止了曹克？"

我摇了摇头："没有。"

跟曹克相比，我简直就是一个傻瓜。曹克想做的事情，不是我能够阻止的。我明知很难，但我还是想试试。当我从梦中惊醒以后，我立刻去找曹克。

曹克的房门被反锁着，敲门也一直没有人答应。我赶紧下楼，跑到存车处，发现他的摩托车不见了。我真恨我自己，睡起来像头猪，他走了我都没有发觉。

我只好给曹克打电话，电话通了，曹克很快就接了。

我口气很强硬："手机我不卖了，你还我手机！"

曹克的口气比我的更强硬，他说："晚了！磨磨叽叽磨磨叽叽，你烦死我了，你知道吗？你听我的，哪儿也别去，就在家等着数钱吧！"

他说完就把电话挂了。我继续打，他不接了。他不接电话，更让我抓狂。

等我冷静下来，又给许可打了个电话。电话通了，许可很快接了。

我听见手机里传来银行叫号的声音，这个声音让我感到慌乱。

我说："你取钱了？"

她说："啊，取了。"

我当时就急了："你听着，别跟那个人交易，别给他钱！"

她不明白："为什么呀？"

我不知道应该怎么跟她解释，只好说："再想想吧，也许还有别的办法。"

她说："没有别的办法了，这是我唯一的机会！"

我有点儿冲动，很想告诉她实话，不过我觉得一两句话说不清楚，于是我说："你在银行等我，我过去找你！"

她说："不用了，你已经帮我很多了，回头我再谢你吧！"

我一着急，忽然想出一个借口："你一个人去不安全，我跟你一起去！"

她说："他让我一个人去，他说，如果发现有人跟着我，他就把证据毁了。"

我说："你听我说，你一个女孩……"

她说："没事的。他说了，只要我的钱，不要我的命！"

我还想说点儿什么，她已经准备挂电话了，她说："我得走了，我没时间了，回来我再联系你吧。"

电话被挂断了。我傻了。

我很想继续拨电话，不过我没想好怎么跟她说。我觉得，我可以出卖自己，但是，我不能出卖曹克。不是讲不讲义气的问题，这件事情也关系到他的命运。虽然他的做法让我讨厌，我却没有出卖他的决心。对于我来说，出卖自己容易，出卖别人还需要更大的勇气，而我偏偏没有那样的勇气。

不过，我也不打算就这样放弃。我心里只有一个念头：必须阻止这次交易，否则，无法安抚我刚刚被唤醒的那一点点良心。

现在，困扰我的只有一个问题：他们在哪儿交易？

曹克不会告诉我答案，许可应该也不会，因为，他们的目标现在是一致的，他们都希望交易顺利。我连他们要去哪儿都不知道，我又怎么阻止他们进行交易？

我想了半天，挠破了头皮，忽然想起了那张地图。你可能也记得那张地图，就是曹克用来运筹帷幄的那张地图。

我匆忙上楼，回到了出租屋。

曹克的房门被反锁着。我管不了那么多了，一脚就把门踹开了。地图还在小桌上。我瞪大了眼睛，仔细看了半天。我眼睛都看花了，终于发现了那个小小的坐标，坐标周围用铅笔画出了一个小小的圆圈……

天伦谷乐园！

我知道天伦谷乐园在哪儿。它在郊区，距离影视基地不远。当群众演员时，我和工友去玩过一次。它建在天伦山上，山上有各种游乐设施，山下是天伦湖。我也知道曹克为什么要选择它作为交易地点，不到假期的时候，乐园里人很少，方便他躲藏，也方便他脱身。曹克真是一个谨慎的人，他把所有的细节都想到了，不过，他没有想到我会突然"叛变"，更没想到我还记得这张地图。

我就像疯了一样，下楼拦了一辆出租车。我平时很少打车，因为我怕花钱。当出租车把我送到天伦山下时，我掏了一百多块钱的车费，却一点儿也不心疼。我心疼的，是许可身上背着的那六十万。我生怕自己来迟一步，曹克已经得手。如果那笔钱到了曹克手里，只怕是有去无回。曹克对于钱的渴望，比我还强烈，他才不管什么尊不尊重。我跟他探讨过尊重的话题，他的观点是：如果你有钱，你才能被尊重。辩论以我失败而告终。我觉得我理不屈，但是词穷。

我跳下了出租车，先到乐园门口的停车场里看了看。我看到了许可的小车，也看到了曹克的摩托车。我想，我必须抓紧时间了。

我买了门票，进了乐园。跟我想象的一样，乐园里游人很少。

　　我在山下先转了一圈，没有找到许可和曹克。我马不停蹄地顺着上山步道，继续往天伦山上跑。乐园里其实有索道，但是我并没有坐缆车。我不是怕花钱，而是怕错过每一个他们可能出现的地方。我转来转去，几乎转遍了每一个角落，转遍了每一处游乐设施。可以说，除了女厕所以外，我几乎没有漏掉任何地方。我想，他们不可能在女厕所里交易，当然，也不可能在男厕所交易。

　　我一身臭汗，上气不接下气，却始终没有发现许可和曹克的踪影。

　　最后，我登上了山顶。山顶有一片地视野很开阔。我已经筋疲力尽，肺都要炸了。终于，我找到了许可。但是，我没有看到曹克。许可随身只带着一个很小的包，小包里不可能装下六十万。我心里一凉，完了，还是来迟了一步。

　　许可站在悬崖边上。悬崖下面就是天伦湖，青蓝的湖水被三面峭壁环抱着，在阳光的照耀下波光粼粼。不过，许可不是来看风景的，她和我一样，气喘吁吁，大汗淋漓。她好像没看见我一样，绝望的目光一直盯着另一个方向，全神贯注。我大声叫她，她都没有任何反应。

　　我走近许可。她仍然不看我，仍然盯着山下，目不斜视，极其紧张的样子。我顺势看了一眼山下，立刻惊住了……

　　下山步道上，有个男人正在狂奔。头盔遮住了他的脑袋，不过我不用细看，也能看出他是曹克。在他身后十米开外，还有两个男人，如影随形，穷追不舍。我仔细看了看，才发现我曾经见过他们，在许可家见过面。虽然只有一面之缘，印象却很深刻。

他们是警察，一个姓冯，一个姓廖！

警察怎么会出现？我当时就被吓住了。我眼睁睁地看着他们追曹克，拐过一道弯之后，山体挡住了我的视线，他们的身影都消失不见了。

我扭头看看许可，她瘫倒在地上，眼泪流了出来。她的眼泪也让我感到绝望。我不知道曹克能不能逃脱。我都不知道自己该不该为他担心。如果他能逃脱的话，我也不知道还能不能从他手里夺回那笔钱。

我默默地扶起许可，看了一眼身后的悬崖。悬崖深不可测，让人胆战心惊。我不敢再看，再看恐高症就要发作了，我连忙扭转了视线。

许可没说话，我也没开口。我们一言不发地向山下走去。路过一间小房子时，里面忽然传来一个声音："蹦极，玩儿吗？"

我们都愣了，这才发现我们路过的是一个操作间。操作间里有两名工作人员，一男一女，睡眼惺忪地看着我们。

别说是没心情，有心情我也不玩。从那么高的地方往下跳，打死我也不敢。

我摇了摇头："不玩！"

他们好像有点儿失望，又闭上眼睛，继续打盹。

我搀扶着许可，继续向山下走去。

我们下了山，来到了停车场，找到了许可的小车。我向不远处瞄了一眼，曹克的摩托车不见了。我愣了一下，他逃走了吗？

　　我们上了车。我憋了半天，虽然已经不抱希望了，但我还是问出了那一句："你拿到证据了吗？"

　　果然，许可沮丧地摇了摇头。

　　我说："他拿了钱，为什么不把证据给你？"

　　许可刚要发动汽车，忽然像是想起了什么，跳下车去，径直往乐园里面跑。我连忙下车，跟了上去。

　　我们跑进了索道起始站。索道站里面有一个储物间。许可从手腕上摘下钥匙，打开一个储物柜，从柜子里拖出一个双肩背包。背包很大很沉，许可拿着吃力，我连忙接了过来。

　　我说："什么呀这是？"

　　她说："钱，六十万。"

　　六十万？我先是一惊，又是一喜。原来许可也很谨慎，没有把钱带上山去。难怪曹克刚才跑得那么快，身上背着这么多钱，他不可能健步如飞。

　　接着我又想，许可并没有把钱带上山，两个警察突然出现，这意味着什么？难道这是一个精心设计的陷阱？

　　我暗暗地想，别看许可表面清纯，其实暗藏着心机，心机还挺深。

　　我刚想说点儿什么，许可已经抛出了问题："谁让你报警的？"

　　她用这种语气质问我，我当时就被问傻了。

　　我回过神来，连忙否认："我没有啊，不是你报的警吗？"

　　她说："我没报警，我要的是证据，没拿到证据，我报警干什么呀？"

　　她说的应该是真话，我也觉得她没有报警的理由，她的眼神还是那么清澈，我不应该怀疑她，但是，她仍然在怀疑我。

　　她说："你真的没报警吗？我知道你是为我好……"

　　我说："为你好，我也不应该报警啊，再说我又没有那两个警察的电话。打110，来的也不一定就是他们俩啊！"

　　她低头想了想。当她抬起头来的时候，眼神里对我的怀疑消失了，变成了疑惑："咱俩都没报警，这事也没有别人知道，警察怎么会出现呢？"

　　是啊，谁也没报警，警察怎么会出现呢，难道是神兵天降？

　　我想了想，想不出个所以然，我说："回头再问问警察吧。"

　　许可掏出手机要拨号，我连忙阻止她："别急，他们现在应该还在追曹……追那个人，咱们别影响他们办案，回头再打吧。"

　　我差点儿就说漏嘴了，不过许可好像丝毫没有察觉，她听话地收起了手机。

　　我说："先回去吧，回去再说。"

　　我们到停车场取了车，驱车回城。

　　回城路上，我一直在想，要不要跟许可说实话。其实我应该跟她说实话的，这本来也是我来找她的目的。但是，不知道为什么，看着她那双清澈的眼睛，我忽然又失去了勇气。我想，还是等曹克有了下落再说吧。

　　我们回到了许可家。刚进家门，许可就瘫了，她显然累坏了，也很受打击。她坐在那儿，瞪着眼睛发呆，不知道在想些什么。

我把装钱的背包放在许可身旁，提醒她说："你给那两个警察打个电话吧，看看他们抓到人没有？"

许可反应过来，拿出手机，刚要拨号，敲门声突然响了。

来的居然又是那两个警察，一个姓冯，一个姓廖！

我又惊住了。我心想，曹克也许已经落网，这一次他们应该是冲我来的。

警察还没说话，许可已经迫不及待了，张嘴就问："抓到他没有？"

两个警察同时摇头："没有。"

我松了口气。曹克的逃脱，让我感到庆幸。我原本以为我已经做好了准备，准备接受命运，但是，真正面对警察的时候，我才发现自己仍然是个尿包。

许可急了，带着哭腔质问："你们怎么能让他跑了呢？"

姓冯的说："他骑的是摩托车，抄小路跑的，路太窄，我们的车上不去。"

许可不说话了，气呼呼的，很失望。

两个警察看了看我。姓冯的态度还算客气，口气却很强硬："这位先生，我们有几句话想问问许小姐，你先回避一下。"

我乖乖地站了起来，向门口走去。

许可忽然伸手拉住我，冲警察说："他不用回避，你们想问什么就问吧。"

姓冯的说："无关人员最好……"

许可说："他不是无关人员，他是我……男朋友。"

男朋友？我不知道许可为什么这样说。也许她对警察仍然有一些不满情绪，也许她不想独自面对警察，也许她需要身边有人，心里才踏实。不管怎样，她既然已经这样说了，我也就站住不动了。

警察先看看许可，再看看我，眼神很奇怪，好像在看一个"蛤蟆哥"。不过，他们没说什么，也不再坚持赶我走。他们当着我的面，开始向许可提问。

姓冯的说："那个人长什么样，你看清了吗？"

许可摇了摇头："他戴个头盔，看不清。我们没说两句话，你们就来了。"

我又暗自庆幸。我既然没有勇气说出实情，当然也希望她没看清曹克。

姓廖的说："他有什么特征吗？比方说，有没有文身，哪儿的口音……"

许可仍然摇头："没注意。"

两个警察相互看看，都很无奈，提问一时无法继续。

许可突然反问："你们怎么会出现呢，有人报警吗？"

姓冯的说："没人报警，我们一直在暗中保护你。"

许可不明白："保护我？"

姓廖的说："对，我们说过，我们有责任保护你的安全。"

许可忍不住生气了："我不需要保护！你们不来，证人也不会跑！"

姓冯的不急不恼："希望你理解一下，配合一下，我们也是担心你……"

许可显然不理解也不配合，口气很生硬："担心我什么？"

姓廖的说："担心凶手来找你。"

许可吃了一惊："凶手？凶手找我干什么？"

姓冯的说："我们认为，凶手很有可能会冒充证人来找你。"

许可更加疑惑："冒充证人？凶手为什么要冒充证人？"

我也很疑惑，凶手为什么要冒充证人？

姓冯的说："你在网上发的视频目前已经被刷爆了，凶手一定也能看到。"

许可说："他看到了又能怎么样？"

姓廖的说："他既然敢杀你爸，就敢杀你！"

这话有点儿危言耸听了。我当时就被吓了一跳。

许可也愣了一下。我以为她被吓住了，但是她没有。

她说："凶手来找我，我也不怕，我找的就是他！"

我惊住了。警察也很无语。我以为谈话到此为止了，但是，许可还有问题。

她说："如果那个人就是凶手，他为什么要把图片发给我看呢？"

两个警察莫名其妙，相互看了看。

姓冯的说："图片？什么图片？"

许可打开手机，找出了曹克发给她的那张图片。

两个警察看了看图片，都很吃惊。不过，他们很快分析出了一种可能性。

姓冯的说："不给你看图片，你怎么会上钩呢？"

许可说："可是，凶手怎么会有这张图片呢？"

姓廖的说："也许，他们是在杀了你爸以后，自己拍的照片。"

许可不信："怎么可能？他们在楼下杀的我爸，这张照片……这不是照片，这是视频截图，一看就是在楼上拍的。"

姓冯的继续分析："不排除楼上还有另一拨凶手的可能。"

我感觉眼前一黑，就好像有一口大锅从天而降，不偏不倚地扣在了我头上。他们分析来分析去，结果还是把我和曹克绕了进去。

许可瞪着眼睛，半信半疑。

姓廖的说："你想想，如果他心里没鬼，为什么选那么偏僻的地方跟你接头，如果他心里没鬼，为什么见了警察撒腿就跑？"

许可终于信了，她不说话了。

姓冯的忽然又想起一个问题："他给你发彩信，用的应该是手机吧？"

许可说："是，好像是手机。"

姓冯的说："你把他的手机号码报给我，我们查一下，看看能不能找到他。"

我心里一凉。

百密一疏！曹克那么谨慎，计划那么周密，结果还是露出了狐狸尾巴。

许可念手机号码的时候，我注意听了。曹克的手机号码我能背下来，不过，从许可嘴里念出来的并不是我熟悉的那个号码。

什么情况？难道曹克还有别的号码！不管怎样，我心里忽然又安定了一些。

当着我们的面，姓冯的拨打了那个号码，不过，他很快就挂了。

他说："他关机了。"

我暗暗松了一口气。

他又说："我们回去再查吧，他跑不了！"

我的心又悬了起来。

姓廖的说："许小姐，如果他再跟你联系的话，一定要第一时间通知我们，千万不要冒险，好吗？"

许可点了点头："好的。"

我都能听出她言不由衷，难道警察听不出来？

姓廖的又看看我："你是她男朋友，你也多劝劝她，千万不要让她冒险！"

我也点了点头："好的。"

我是由衷的。虽然我不是她男朋友，但是，我也不会让她冒险。

我心想，接下来该怎么办？我不知道该怎么办，不过有一点我可以确定：不找到曹克，不拿回手机，我什么都不能说，什么都不能做。

警察走了，我也想走，我想立刻去找曹克，但是，我放心不下许可。

许可陷入了深深的忧虑中，她说："那个人真的会是凶手吗？"

我说："不一定，警察也是乱猜的，他们又没有证据。"

她说："他不是凶手就是证人。如果他是证人，干吗见了警察就跑啊？"

我当然知道曹克为什么要跑，不过，我不能说。我想了想，找了一个理由："也许他不想露面，一旦露面，怕遭凶手报复。"

她说："那他一定以为是我报的警，如果他把证据毁了，怎么办呀？"

我说："不会的。他不会那么轻易地毁掉证据，毁掉证据他就拿不到钱了。如果他还想要钱的话，他也许还会来找你，再等等吧。"

也许是我的安慰起了作用，许可不说话了，眼神里好像又燃起了希望。

我们沉默地坐着，坐了很长时间。沉默是会让人崩溃的。我真想拔腿就走人，但是，我仍然不放心。我想，许可现在仍然需要有人陪，曹克的事情回头再说。我了解曹克，没拿到钱，他跑不了。全国都解放了，他又能跑到哪儿去？

我正想着曹克，曹克就来电话了。我被吓了一跳，迟迟不敢接电话。

许可说："你怎么不接电话呀？"

我怕接电话会露馅，但是，不接也不正常，于是我硬着头皮接了起来。

电话一通，曹克的声音如雷贯耳："我告诉你，那女的真不是个玩意儿……"

我连忙打断他："曹克，我现在很忙……"

曹克很聪明，他听出我口气不对，立刻压低了声音："你去找她了？"

我说："啊，你在哪儿？"

他说："我回家了。你问问她，为什么报警？"

我说："你搞错了。"

他很激动："我搞错了？我哪儿搞错了，要不是我跑得快……"

我连忙打断他："行了行了，有什么事，回头再说吧。"

我挂了电话，看看许可。我怕她有所察觉，怕她听出是曹克的声音，但是，她好像什么也没听出来，只是一脸茫然地看着我。

她说："你有事啊？"

我说："没事，一个朋友。"

她说："你要是忙的话，你去忙吧。"

我说："没事，不忙，不忙。"

　　我们又坐了一会儿。我想，我得找个话题，掩饰一下我慌乱的情绪。而且，我也确实很好奇，在我赶到之前，天伦谷到底发生了什么。

　　我说："你是怎么跟他接上头的？"

　　她说："我到了那儿以后，他一直不停地给我打电话，一会儿让我去这儿，一会儿让我去那儿，绕来绕去，绕了半天，最后，他又让我坐缆车去山顶。"

　　我说："你为什么不把钱带上呢？"

　　她说："他越是神神秘秘，我就越紧张。我怕拿不到证据，钱又被他抢了，所以我把包寄存在了索道站里。我想，我要亲眼看到证据，再跟他一起下山拿钱，应该也来得及。"

　　我说："然后呢？"

　　她说："然后我上了山顶，然后他出现了，然后警察也出现了。警察一来，他撒腿就跑，警察就开始追他。然后，你就出现了……"

　　说到这儿，许可忽然停了下来，疑惑地看着我，就像在看一个怪物。

　　我呆住了。我好像看到了一条超长的弧线，弧线上有个光点，慢慢移动，慢慢移动……终于，"叮"的一声，它到达了顶点。

　　许可说："你怎么会出现呢？"

　　我说："啊？"

　　她说："你怎么知道我在天伦谷？"

　　我被问住了。不过，我想了一下，很快就找到了借口。

我说："你取钱的时候，其实我就在银行门口。我本来是想跟你一起去的，但是，你又不让我跟着，我只好偷偷跟着。"

她说："你跟着我干什么？"

我说："我也是担心你……"

她说："你也担心凶手冒充证人来找我？"

我借坡下驴地点了点头："啊。"

她真是个傻丫头！她居然又相信我说的话了，她不但相信了，而且很感动。

她感动地看着我，泪光闪闪，我都不敢看她了。我认识她才短短几天时间，我就快把一辈子的谎话全说完了，我都快成大骗子了！

我不敢久留，又坐了一会儿，就告辞了。许可也没有挽留我。

看得出来，她仍然有些不舍，但是她不好意思挽留，她可能觉得自己麻烦我的事已经够多了。我真想告诉她实话。唉，我不但有恐高症，还有磨叽症，我就是一个磨叽的人！

我回到出租屋的时候，天已经黑了。

曹克不在家。他在房门上给我留了个字条，他的字写得真难看：

傻叉，把门锁给我修好了，不然我弄死你！

快弄死我吧！我才不会给他修锁呢，他不是当过锁匠吗，要修他自己修去。我给他打电话，才发现他关机了。出了这么大的事情，他居然还敢出去瞎溜达，居然还关了手机，真是个没心没肺的东西,什么玩意儿！

跑了一天，也累了一天，我突然感觉肚子很饿，于是我下楼去找吃的。

我找到了一家面馆，要了一碗拉面，很大气地加了一盘牛肉。我豁了出去，我需要补充营养，我也需要补充能量。

我一边吃着面，一边盯着面馆墙上的电视。电视上正在播报一条社会新闻：某个深夜，窃贼光顾了一户人家，从床底下偷走了一百万现金，失主痛哭流涕，警方温馨提示，出门时一定要检查门窗，最好不要在家里留大量现金……

面还没吃完，盘子里的牛肉也剩一半，但是我管不了那么多了，撒腿就跑，险些把一个上菜的服务员撞个人仰马翻。他躲开了我，嘴里好像骂了句脏话，我没太听清，我也没理他，继续飞奔而去。

我径直跑进了地铁站。从地铁里出来，我又跑了一段，穿过了那片废墟。

天上无星无月。远近不见灯火。在黑夜的笼罩下，一大片破败的平房无声无息，就像盘踞在废墟上的一只只怪兽。一个个门洞，一排排墙垛，一行行白漆大字——拆，在黑暗中显得狰狞恐怖，阴气逼人。

我放慢脚步，壮胆前行，终于来到了许可的家门口。

许可家的窗户里透出昏黄的灯光，她应该在家。我敲了敲门，却没有回应。我贴耳听了一阵，听到屋里隐隐约约传来水声，她应该是在洗澡。

我想，开发商虽然浑蛋，好在没有停水断电，也算是保留了一点儿人性。我转念又想，周正哪儿还有什么人性，他简直就是个禽兽！

我站在门口，一边胡思乱想，一边等待。

我是来提醒许可把钱存回银行的，但是我突然发现，银行好像早就下班了，这个发现让我一时不知所措。

屋子里的水声停了。我听到了许可的脚步声。我刚要敲门，磨叽症又犯了。我想，钱已经存不进银行了，我跟她说什么呢？我先拿走替她保管，天亮再还她，她能放心交给我吗？即使她能放心，我好像也说不出口……

怎么办？

我磨磨叽叽磨磨叽叽，手伸出去几次，又缩了回来，始终不敢敲门。

许可根本不知道门口有人。她睡了。屋子里的声音消失了，灯光也熄灭了。

算了吧，应该不会有事的，也许是我想太多了。

我轻手轻脚地走开了。我一步一回头，离开了许可家。

我穿过了那片废墟，走进了地铁站，又走出了地铁站……十分钟之后，我回到了许可的家门口。

我没有去敲门，也没有惊动许可。我在许可的家门口坐了下来，背靠着墙，就像是一个无家可归的流浪汉。

我手里抓着一块石头。它是用来对付坏人的。不过，我宁愿它派不上用场。我抬头看着天空，心里默默向老天爷祈祷：但愿天下太平，千万千万不要出事！要知道，那是六十万，她爸一辈子的积蓄！它不能丢了，如果它丢了，我担待不起！

我的想法很简单：这笔钱虽然不是我的，但是它跟我有瓜葛，如果它丢了，我也脱不了干系，我会内疚的。几天时间，我已经做了很多让自己内疚的事情，我不能再做让自己内疚的事情了，再内疚下去我一定会崩溃的！

四周很黑，也很静。静得让人心里发虚。某个角落里传来小虫微弱的叫声，好像在提醒我千万别睡着了。

我不敢睡着，虽然我已经很困了。我强打起精神，开始想一些事情……

我想，许可此刻也许已经进入了梦乡。她大概做梦也想不到，隔着一堵墙，门口还有一个人。那个人看似在守护她的那笔钱，其实是在守护他自己的良心。

我想，我绝对不能睡着。如果我睡着了，天亮时被许可发现，那就不好了。那样她又会感动，而我已经承受不起她的感动了。被人看不起的滋味当然很难受，但是，受人尊重也没那么让人感到轻松，尤其是在心里有愧的时候。

夜晚太漫长。我几乎熬不住了，只好拼命掐自己的大腿，继续胡思乱想。

我渐渐回想起整件事情，从我第一次去安达家园送货开始，一直到此刻。所有细节都在这个漫长的夜晚涌向我。我真希望那些穿越小说里写的都是真的，我希望自己被雷劈、被水淹、被车撞……即使在穿越的过程中我变成了女人也无所谓，只要我能顺利地回到那个夜晚。

如果我能回到那个夜晚，我希望我是来自星星的我。我希望我拥有超能力。即使我不能阻止所有事情的发生，我也希望时间凝固，在许本昌倒下之前，把他们定住，拿走周正手里的钢筋，把许本昌送上出租车，让出租车开出小区，然后转身上楼，救出高丽丽……

总之，我希望自己能做一件正确的事情，但是，一切都为时已晚。

我忽然又想起了一部外国电影里的台词：做正确的事情，任何时候都不晚。我还想起一句外国谚语：做这件事最好的时间是二十年前，次好，就是现在。

现在，我坐在这里，坐在许可的家门口。我觉得，我正在做一件正确的事情。这样一想，我心里就没有那么孤独，也没有那么害怕了。

我渐渐地放松下来……

当我放松下来的时候，困意如山倒，我再也无力抵抗，眼睛一闭，睡着了。

当我清醒过来的时候，天已经亮了。

当我睁开眼睛的时候，不可避免地看到了许可，看到了她眼里闪烁的泪光。

第八章

小警察回来了。

他没有带回我的手机。他告诉郝队，技术人员还需要一点儿时间。

真的假的？他们真有那么神通广大，真有办法把剪辑过的视频恢复成原样？如果他们不是在唬我，那么，现在只剩下一个老问题：我们还有多少时间？

虽然没有带回我的手机，但是，小警察带回了一个U盘，总算是有所收获。他把U盘交给郝队时，鄙夷地看了我一眼。除了鄙夷，他好像还有几分得意。

U盘里是什么东西？

估计又是一手好牌，是颗炸弹。小警察肯定已经看过了，从他的表情来看，这颗炸弹一定威力无穷。看起来，我眼前只有一条出路：放弃抵抗，举手投降。不然就要我好看。我几乎能想象出自己被炸得满脸焦黑、七窍生烟的样子。

不过，我已经有点儿麻木了。"狼来了"的游戏玩上几次，人都会麻木的，该紧张的时候，也紧张不起来了。我心想，有牌就出牌吧，我接得住！

U盘连上电视，电视屏幕又亮了起来……

画质不高，模模糊糊的，不过，能看清画面上正是"伙记装修"的那栋小楼。这应该是一段监控录像，来自马路对面的某个监控探头。

"伙记装修"的门口人来人往，车流不息。小警察拿起遥控器，按下快进键。画面上的所有路人和所有车辆都开始提速，疲于奔命，让人眼花缭乱……突然，人们都慢了下来，恢复原速。然后，有个中年男人晃着膀子从小楼里走了出来，站在马路边，点上一根烟，左顾右盼，好像是在等人。

小警察在画外解说："这个人，就是柴伙！"

虽然我跟柴伙不熟，只在照片上见过一回，但是，我也能认出他是柴伙。

很快，柴伙等的人到了。那是个年轻人，高高瘦瘦的，背身走来，面向柴伙，看不见正脸。他们好像在说什么，又好像在争论什么。然后，柴伙掉头走开了。年轻人也转过身来，面向探头……

"砰"的一声，炸弹引爆了！

画面上定格的那个年轻人，就是我自己！

虽然已经有了思想准备，但我还是被炸蒙了。

我知道电视节目里为什么把那些监控探头叫作"天网"了，它实在太大了，谁也逃不出老天爷撒下的这张大网。到处都是探头，路口有探头，小区有探头，电梯里有探头，超市里有探头，餐馆里有探头，厕所里……还好厕所里没探头，不然我会活活憋死！

我在电视上看到过很多坏人被"天网"捕获，我还惊叹过"天网"法力无边。万万没想到，这一次被网住的，居然是我自己。

郝队说："这个人，是你吗？"

我真想说我有个失散多年的双胞胎弟弟，但是，我不能这么说。我这么说，就纯属狡辩了。在警察面前，在证据面前，狡辩是没有用的。

我难以启齿："好像……是吧。"

郝队大声说："别好像，是就是，不是就不是。"

我支支吾吾："那就……是吧。"

郝队很不满意："别勉强，到底是不是你？"

我吸了口气，肯定地说："是我。"

郝队嘲弄地看着我："说说吧，这是怎么回事？"

对呀，这是怎么回事？

我不认识柴伙，怎么会跟他见面呢？

你以为我哑口无言了？并没有。我还能撑下去。其实，我有一个万能借口。郝队亮出我和柴伙的通话记录时，我忘了使用这个借口，现在我不能再错过了。

我说："也许，可能，我是去给他送快递吧。"

郝队好像知道我会这么说，一点儿也不意外，他说："送什么东西？"

我摇了摇头："不记得了。客户太多，我不可能记得每一个人都买了什么东西。"

这个借口绝对是万能的，顺便把我和柴伙有通话记录的问题也一起解决了。我决定了，无论郝队接下来给我看谁的照片，我都说有可能见过，我有可能给他们送过快递。哪怕他们向我亮出的是奥巴马的照片，我也这么说。卡梅隆可以跟我一起吃拉面，奥巴马为什么不能从我手上收快递呢？

这个借口合理吗？很合理。我想，没有什么比这个借口更合理的了。

郝队肯定也觉得合理，要不然他不会不说话。小警察看上去有点儿愤怒，很受打击似的。要不是警察有纪律，我猜他可能会撸起袖子跟我大干一场。

郝队从桌上抓起遥控器，把画面倒来倒去，仔细察看。我知道他在找什么。我真希望看到自己当时手里拿着一样东西，并把它交给柴伙，但是，我没有看到。我当时背着身，挡住了探头。然后我又希望看到柴伙离开时手里多了一样东西，但是，我仍然没有看到。柴伙转身走开的时候两手空空。

　　郝队看着我说："货呢，你不是去送货吗，怎么没看见货？"

　　我想了想，又想出一个理由："可能，他把货装裤兜里了。"

　　小警察插话："装裤兜里，什么东西那么小？"

　　我说："手机电池，还有数据线之类的，都能装裤兜里。"

　　小警察无话可说。

　　有惊无险。我觉得我已经过关了。

　　忽然，郝队又说话了，他冲小警察说："你去查一下他们公司的送货记录，看看有没有柴伙的订单。"

　　这个我就不确定了。我有点儿心虚。我开始怀疑我的万能借口。不过，我想，查就查吧，说不定就查到了，说不定就有这么巧。

　　小警察站了起来，刚要走开，郝队忽然又补充一句："如果有柴伙的订单，注意看看时间，看看送货时间和这段录像上的时间是不是吻合。"

　　我的天哪！

　　要不要这么仔细？

　　给我根绳子吧，我自己吊死算了，大家都省事！

　　小警察屁颠屁颠地走了。临走之前，他看了一眼墙角，墙角有个三脚架，三脚架上有台DV，DV开启了摄像模式。我知道他在想什么，他已经错过了很多情节，如果他想听完这个故事，将来只能看回放了。

　　郝队不用看回放，他毕竟是领导，他可以看直播。

　　我们已经很默契了。郝队一个眼神，我继续直播。

上回说到，我在许可的家门口坐了一宿。本来我是想趁天亮之前悄悄离开的，结果却不小心睡着了。等我醒来的时候，一睁眼就看到了许可。

许可为什么那么爱感动呢？她一感动就要流眼泪，她一流眼泪我就受不了，简直压力山大。我还是喜欢看她笑，她不笑也好看，笑起来更好看。

说回正事。正事就是存钱。接下来我们要做的，就是把那六十万存回银行。

穿过那片废墟的时候，我忽然注意到，一辆黑色面包车趴在一堵残墙后面，若隐若现，悄无声息。车窗上贴了反光膜，看不到车里是什么人。其实不用看，我也能猜到车里的人是谁。如果我没猜错的话，车里有两个警察，一个姓冯，一个姓廖。我想，警察也是够拼的，当警察真是不容易。早知道他们一直在暗中保护许可，我也用不着傻乎乎地在许可的家门口坐一宿了。

存钱比取钱顺利，不用提前预约，到了银行，我们很快就办妥了。

从银行里出来，我又看见了那辆面包车，不远不近地趴在马路对面。我想，钱已经存上，许可也有警察保护，不需要我了，我可以放心地回去找曹克了。

我说："我走了，有事打我电话吧。"

许可看着我，眼神里好像还有留恋："我不找你的话，你还会来找我吗？"

　　我心想，我当然会来找你，我们的故事还没完呢，现在你也许还想见我，将来只怕你会躲着我。不过，我没这么说。

　　我说："后会有期！"

　　我转身要走，许可忽然把我叫住："哎，今天晚上，你有空吗？"

　　我一下子没反应过来："啊？"

　　她说："今晚我有演出，你要看吗？"

　　我说："怎么还有演出，你没请假吗？"

　　她说："请了。不过，今晚的演出，我必须去。"

　　我不明白："为什么？"

　　她说："今天是我爸的生日，他本来说好了晚上来看我跳舞的。"

　　我说："你爸……他已经不在了！"

　　她抬头看看天空："他看得见！"

　　我心头一震，不知道说什么好了。

　　她像是为了安慰我，露出了笑容："你来吗？"

　　我也还她一个微笑："我来！"

　　她掏出一张门票，我接了。我刚要走开，她忽然又掏出了一张门票。

　　她试探地说："带你女朋友一起来吧……你有女朋友吗？"

　　我接过门票："有。"

　　她好像有点儿失望，不过，她掩饰了一下："那就……晚上见！"

　　我说："晚上见！"

我们就此分手，各走一边，她上了小车，我走向了地铁站。

我回到出租屋的时候，曹克还没起床。

门锁还没修好，曹克的房门虚掩着。我轻轻一推，门就开了。他也没醒。

我一下子就火了。老子在外面干坐了一宿，这个王八蛋居然在家里蒙头大睡。他睡得还挺香，呼噜也很响，轰隆轰隆，就跟打雷一样。

我走过去，一把掀开被子。曹克被吓醒了，惊慌失措，下意识地缩成一团，双手抱头，趴在床上，活像一只王八。

等他看清楚状况以后，才松了一口气："靠！吓死我了，还以为是警察呢！"

我说："我手机呢？"

他张嘴打了个哈欠："你昨晚去哪儿了，干吗把手机关了？"

我昨晚确实关了手机，因为我担心手机一响会惊醒许可。但是，我没理睬他，继续追问："我手机呢？"

他像抽了大烟似的，又打了个哈欠："你跟许可在一起，对吗？"

我就像复读机一样，不停地重复刚才的问题："我手机呢？"

他充耳不闻，自说自话："你跟我说说，昨天到底是怎么回事？"

我懒得废话。看来，不跟他来硬的不行，不来硬的，他真拿我当尿包了。

他的衣服胡乱地搭在椅子上，我抓起来就翻。他也不拦，只是在一旁看着，一副事不关己的样子，任由我翻。上衣口袋里没有，裤兜里也没有。我把他的衣服一扔，又在他床上一通乱翻，枕头底下没有。我把床单掀起来，床单下面也没有。

我气急败坏："我手机在哪儿？"

他不慌不忙："你告诉我昨天到底是怎么回事，我就把手机给你。"

在曹克眼里，什么都可以用来交换，什么都可以讨价还价。他就是这种人，不过，我也拿他没有办法。

我说："你想知道什么？"

他说："她为什么要报警？"

我说："她没报警。警察在跟踪她，跟她没关系。"

他不信："真的吗？"

我说："警察自己说的，我亲耳听见的！"

他信了："这么说，她还算有诚意，生意还能做……"

我说："做个屁呀！那两个警察天天跟着她，你还敢跟她做生意？"

他吃了一惊："啊？"

我忽然想起一件事情，我觉得有必要提醒曹克："警察都查到你的手机号了，你赶紧自首去吧！"

他吓了一跳："我的手机号！警察是怎么知道的，你把我出卖了？"

我说："谁出卖你了？出卖你的人是你自己！你给许可打电话，发彩信……"

他放松下来："那个号码呀，没事，那个号码没事！"

我很纳闷："怎么没事，那不是你的号码吗？"

他很自信："跟你说，你也不懂，反正没事，他们查不到我的。"

我不知道他哪儿来的自信，不过，我也懒得追问，我只想拿回手机。

我说："你说完了吗？说完了把手机给我！"

他还有问题："你昨晚跟许可在一起，对不对？"

我快没耐心了："我就是跟她在一起，怎么了？"

他嬉皮笑脸："怎么了？我问你，你把她怎么了？"

我莫名其妙："什么怎么了？"

他一声奸笑："装傻是不是？你也就这么点儿出息！一看见美女就要流鼻血，她冲你抛个媚眼，你小子立马就扛不住了，对不对？"

我冲他吼："对，我就是扛不住了，我从来也没有扛过这么大的事！"

他起了疑心："那你把实话都告诉她了？"

我说："没有手机，我能告诉她什么呀！"

他半信半疑："你什么都没跟她说？"

我说："没有。你快把手机给我！"

他松了口气："没有就好，你要手机干吗？"

我懒得解释："你别管！我自己的手机，我爱干吗干吗！"

他说："不管不行，这事跟我有关系。"

我说："我保证不出卖你，行了吧？"

他说："那也不行，手机还能换钱呢，不能给你！"

出尔反尔的东西，一点儿诚信都不讲！

我简直被气疯了。我又开始来硬的，在屋子里又一通乱翻。

床底下、床头柜、简易衣柜，我连他的鞋里都不放过……我到处都找遍了，到处不见我的手机。最后，屋子里只剩下一个上了锁的柜子没有检查了。

我向柜子走去。曹克终于急了，冲上来拦住我："你要干什么？"

他紧张的样子让我确信手机就在柜子里，我说："把锁打开。"

他说："柜子里都是我的私人物品，手机不在这儿。"

我说："那你告诉我，手机在哪儿？"

他说："我存在外边了。"

我说："存在哪儿？"

他说："一个寄存处。"

我说："你存那儿干什么？"

他说："防火防盗防室友，我必须防着你！你这人心太软，心太软……"他说着说着，居然唱了起来，"把所有问题都自己扛……"

没腔没调的，他唱得实在是太难听，我实在是听不下去了！

我给他下了最后通牒，我说："你听着，我给你一天时间，明天这个时候，你再不把手机给我，我就报警！到时候别说我没给你机会，也别怪我出卖你！"

　　我说完，转身就走了。我觉得自己简直是太酷了。

　　我终于知道人们为什么都爱发飙了，因为发飙的感觉简直是太爽了。

　　我回到自己的小屋，上床躺下了。

　　我昨晚没睡好，我得抓紧时间补个觉。睡觉的时候，我一直在想一件事情，我已经决定了要把手机交给许可，不过，我还没有想好，要不要跟许可说实话。如果不说实话，我以什么名义把手机给她呢？

　　这个问题困扰了我很长时间。我翻来覆去，左思右想，终于想出一个办法：把手机装在快递盒子里，盒子上不留任何信息。当然，我也不能亲手交给许可，必须找一个许可不在家的时候，透过那扇破损的窗户，悄悄把盒子扔进她屋里，然后溜之大吉。等她回家的时候，自然会发现它。

　　那个时候，我还不知道可以通过技术手段恢复手机内存，所以，在我看来，这简直是一个天衣无缝的计划。许可拿到了证据，警察破了案，周正遭到了报应，我和曹克虽然拿不到钱，也不会暴露身份，一切尘埃落定。

　　想出这个主意之后，我很欣慰，然后，我不知不觉就睡着了。

　　等我睡醒的时候，一睁眼就看到了曹克。他站在床前，目不转睛地盯着我，眼神极其忧郁，就像是在看望一个时日无多的癌症晚期患者。

　　他说："你打算把手机送给许可，对吗？"

　　我很坚定："对！"

　　他急了："你敢把手机给她，我就敢把你跟她的事告诉袁丹！"

我也急了："我跟她有什么事啊，你告诉袁丹什么啊？"

他说："你跟她有什么事你问我？你自己说，你们昨晚都干什么了？"

我说："我们什么也没干呀！"

他说："你刚才都承认了……"

我说："我承认什么了，我们什么都没干，我承认个屁呀！"

他仍然怀疑："孤男寡女，半夜三更，你们什么都没干，你阳痿是吗？"

我气不打一处来："你才阳痿呢！她在屋里，我在门外，我们能干什么？"

他嘴一撇："谁信哪！"

我说："你爱信不信！"

他轻蔑地看着我："我信不信不要紧，你还是去问问袁丹信不信吧！"

他说完，转身就走了，比我刚才向他下最后通牒时的样子更酷。

他居然威胁我？

他以为我是被吓大的！

我确实是被吓大的，被我爸的巴掌吓大的。但是，这一次，我是在做正确的事情，我不用担心我爸的巴掌。我想，如果我爸知道我要做什么的话，他也得给我点赞。

我已经做错了很多事，不能再错下去了。我决定了，无论曹克怎么威胁我，无论曹克怎么恐吓我，我都不会再改变主意，绝对不会！

不过，万一呢？曹克这张烂嘴，万一他跟袁丹胡说什么，我能解释清楚吗？我想，我还是应该在曹克造谣之前，跟袁丹好好谈谈。我和袁丹谈了两年恋爱，我是一个什么样的人，她心里应该比谁都清楚。

我相信，袁丹一定会理解我，她不但会理解我，还会支持我的决定，而且，她也没有任何理由出卖我。

我忽然又想起了那两张门票，许可送给我的演出票。我想，这是一个机会，我可以带上袁丹一起去看演出。看完演出，我们心平气和地谈一谈，谈谈人生，谈谈理想，谈谈幸福。我想告诉她，买房不一定就幸福，幸福也不一定要买房，内心的安宁才是真正的幸福……

我给袁丹打了电话。

电话通了，袁丹没接。电话响了很久，她一直没接。

我不知道袁丹为什么不接电话，也许她周围太嘈杂没听见，也许她不方便，把手机调成了静音，也许她还在为买房的事情生我的气……不管什么原因，她不接电话，让我心里很不安，刚刚平复下来的心情又起了一点儿波澜。

我又给袁丹的单位打了电话。这个时间，她应该在快捷酒店上班。

电话也通了，很快就有人接了："欢迎致电……"

我说："袁丹在吗？"

接电话的是个女孩，她很客气地说："请问您是哪位？"

我说："我是她男朋友。"

她说："哦，是毛总啊，袁丹她不在，她请假了。"

我说："她怎么了，为什么请假？"

她说："她生病了，她没告诉你吗？"

我慌了！

看来袁丹真的生气了，生病了都不告诉我，也不接我电话。这不是她的风格，她的风格是打个喷嚏，就能说成是感冒了，如果是一般的感冒，必须说成是重感冒，如果是重感冒，那就跟患绝症差不多……总之，她有"公主病"，酷爱撒娇。

她上班的时候，在客人面前总是装出一张笑脸，因为她是个服务员。但是，她不上班的时候，在我面前，却总是一张冷漠脸，岂止是公主，简直就是皇太后。她喜欢使唤别人，喜欢被别人伺候，而我偏偏喜欢听她使唤，喜欢伺候她。

这不叫贱，这叫真爱！

我风驰电掣地下了楼，拦下一辆出租车，直奔袁丹的出租屋。

袁丹的住处不算太远，不过我一刻也不敢耽搁。我曾经想过，把曹克赶走，让袁丹搬来和我一起住，这样我就能天天听她使唤、天天伺候她了。袁丹不愿意。她宁可跟三个小姐妹挤在一起，也不愿意和我住在城乡接合部。她是嫌丢人，她真把自己当城里人了！

不过，跟我相比，袁丹还真像是个城里人。她身上穿的衣服一点儿也不土，不仔细看的话，根本看不出是假名牌，它们都是从网上淘来的，几十块钱一件，还包邮。

如果有人问她，你老家在哪儿？她每次都说在省城，透着一股城里人的自信。只有我知道，她家离省城差着三百多公里呢。她甚至还想过去办个假身份证，把上面的住址从农村改为城市。要不是怕犯法，她已经这么干了。

她不但自己不说实话，还不许我说实话，也不介绍我认识她的那几个小姐妹。一直到现在，那几个女孩还以为我是一家物流公司的高层，电话里管我叫毛总。我确实是搞物流的，但不是什么高层，而是最底层，卖苦力的。

我当然知道她虚荣，但是，谁让我喜欢她呢！一旦你喜欢上一个人，那么，缺点就不再是缺点，而是可以包容的特点，一点儿也不令人讨厌，反而有点儿可爱。

现在她生病了，一方面我很心疼，一方面又有点儿欣喜。心疼的是她受苦了，欣喜的是我有机会可以好好照顾她了。也许她会像许可那样感动，一旦她感动了，也许就想通了，愿意和我结婚，不再逼我买房……

我来到了袁丹的出租屋楼下。楼下有人搬家，几个搬家工人从楼道里出来，扛着大包小包，往一辆货车上装。货车后面还停着一辆豪华汽车。虽然我不懂车，叫不出名字，也猜不出价格，但豪车我还是能看得出来的。豪车身上有一种气势，一种将大把钞票堆积成山的气势，让我心里发虚，不敢直视。

我忽然发现豪车上有只玩具熊，跟我送给袁丹当生日礼物的那只一模一样，我顿时有了一种不祥的预感。

我钻进楼道，匆匆上楼，和正在下楼的袁丹狭路相逢……

我惊住了。

袁丹也惊住了。

袁丹脸色红润，印堂发亮，一点儿也看不出哪儿有毛病。

袁丹身旁还有一个中年男人，一看就是个土豪，穿得很讲究，身材很臃肿，肚子鼓鼓的，就像怀孕了一样。他亲热地搂着袁丹，嘴里的黄色笑话说了半截，没往下说了，因为他注意到气氛不对，也呆住了。

我们都僵在那儿，就像被搬家工人落在楼梯上的三座蜡像。

我想，这应该就是那位物流公司的高层吧，长得就跟物流似的，满脸流油。我的眼睛里喷出火来，先烧向物流先生，再烧向袁丹。

我和物流先生几乎同时说话："他是谁呀？"

物流先生好像是南方人，口音很重。

袁丹一声质问："毛标，你来干什么？"

我冲她冷笑："我来找我女朋友，听说她病了……"

她说："你醒醒吧，我们已经分手了！"

我说："我们什么时候分手的，我怎么不知道？"

她说："我让你买房，你不买……"

我愤怒地指着物流先生："他能给你买房，所以你把自己卖了？"

"啪！"响声很清脆。

我还没看清袁丹抡起巴掌的动作，就感觉腮帮子已经木了。

袁丹比我更愤怒："我就是把自己卖了，那又怎么样？我要生活，我妈辛苦了一辈子，我要把她接来，我要让她过上好日子，这有错吗？"

我说："我也能让你过上好日子，我也能让你妈过上好日子……"

她说："行了，毛标，别画饼充饥了，你几斤几两你自己清楚！我告诉你，你现在没钱我可以接受，但是，我不能接受你没本事挣钱！"

我心里没底，嘴上强硬："你怎么知道我没本事挣钱？"

物流先生终于反应过来了，用他肥胖的身躯隔开了我和袁丹，面冲着我说话："哎，有本事没本事，不是嘴上说说就行的，是骡子是马，拉出来遛遛……"

遛你妹呀！

我气血冲天，猛地一把揪住物流先生的领口。我要让他见识见识我的本事，我也要让袁丹见识见识，我再也不是那个傻叉、那个尿包了！

我忘了他还有马仔。那几个马仔挤在楼梯上，本来像是打酱油、看热闹的，看到我要发飙，马上围了上来，张牙舞爪的。我一看阵势不对，立刻把手松开了。

物流先生很镇定地整理了一下衣服，扭头冲袁丹一笑。

他说："喏，他就这本事啦。"

他一把推开我，搂着袁丹，在几个马仔的簇拥下，扬长而去。

袁丹回了一下头。我能看见她的眼神，但我分不清那是留恋还是厌弃的眼神。

他们下楼了，轰隆轰隆的脚步声渐渐远去。

我站着没动，像个傻子一样，脑子里一片空白。

等我下楼的时候，豪车已经开走了，扬起一阵尘埃。尘埃中，我灰头土脸，眼睁睁地看着我心爱的女孩拉着别人的手，弃我而去。

我不相信袁丹爱他。

但是，我相信，她宁愿坐在宝马里哭，也不愿坐在三轮车上笑。

失恋是什么感觉？

刚开始有点儿麻木，然后是隐隐作痛，最后是剧烈地痛，撕心裂肺地痛！这种疼痛感不仅来源于失去恋人，也来源于失去自尊！我本来也没有多少自尊，现在全都被他们夺走了，一点儿也没给我剩下。

袁丹劈腿了！

虽然她以分手作为借口，但是，我认为，她就是劈腿了！

她本来说好了给我一个月的时间，现在半个月还不到，她就劈腿了！

这样的情节，我一直以为它只会发生在想象力丰富的韩剧里，万万没想到，它会发生在我身上，洒了我一身的狗血。

不知道为什么，我对袁丹恨不起来。我反反复复地回想起她刚才说的话，我觉得她说得很有道理。她有追求幸福的自由，谁也阻止不了。如果我阻止她，那只能说明我太自私了。所以，我不但不恨袁丹，反而还有点儿同情她。如果……我是说如果，如果她不爱物流先生，她会幸福吗？

一想到物流先生，我就恨得咬牙切齿。

如果我们还有机会再见面，我真想和他谈一谈：这么好的西装穿在你身上，这么贵的豪车被你坐在屁股底下，这么多的人听你使唤，你居然还跟我抢女朋友，你还要不要脸？你还是不是人？你还有没有人性？你还让不让人活？你比我有钱，比我有本事，比我有文化，比我有教养，你就应该比我更讲文明，文明是什么？文明就是：电梯到了，让穷人先进；遇到独木桥，让穷人先走；茅坑只有一个，让穷人先解决；漂亮女孩不多，让穷人先挑……你什么都占着，要什么有什么，你居然还跟我抢电梯、抢独木桥、抢茅坑、抢女朋友……不跟我抢，你会死吗？你简直就是上流社会的代表，你那么高大上，你还欺负一个屌丝，算什么本事？有本事你跟我比穷，跟我比谁胆小，跟我比谁悲催？我看看谁敢比我悲催！有本事，你再找一个比我更悲催的人让我看看，我要看看他长什么熊样！

天黑了。我又一次蹲在了马路牙子上，不过，这一次我的手里没有酒。

我不能再喝酒了。我每喝一次酒，就做错一件事情。第一次，我喝完了酒，跟着曹克去安达家园偷东西，结果摊上了那么大的事情；第二次，我喝完了酒，把自己的手机交给了曹克，让他去做什么狗屁生意，结果把事情越弄越复杂。这一次，如果再喝的话，我都不知道自己到底会干些什么，还能不能收拾残局。

我蹲在马路牙子上，蹲在路灯下。马路上人来人往，很多人斜着眼睛看我，有的同情，有的不屑，也有的既同情又不屑。我不在乎，不在乎他们怎么看我。我没那么虚荣，我是什么样就什么样，我就是一个穷光蛋、倒霉蛋、王八蛋！

一个小男孩向我走过来，手上抓着一枚硬币。他的父母就站在不远处看着，脸上带着欣慰的笑容，欣慰他们的孩子多么有爱心。

在小男孩走近我之前，我站了起来，我还有一点点尊严。我不是个要饭的，我最多也就是一条流浪狗。

我决定去流浪，在黑夜里流浪，在城市森林里流浪。

我漫无目的地走着，不知道走了多久，也不知道经过了什么地方，不知不觉中，我走上了一座立交桥。

我身旁车来车往，车主们纷纷躲开我，有人不停地按喇叭，也有人骂脏话。我充耳不闻，懒得理他们。我走到立交桥的边缘，站在那里看风景。

我每天骑着三轮车疲于奔命，从来没有看过这座城市的夜景，我没有时间，也没有心情。现在，我既有时间，也有心情。

我站在立交桥上，看到了车流如梭，看到了高楼林立，看到了万家灯火……

我忽然之间灵魂出窍。我的灵魂飞了起来，越飞越高，从高空中往下俯瞰，注视着立交桥上我的肉体，我的肉体那么渺小，就像是一只微不足道的蚂蚁。

我不再恐高。高有什么可怕的？大不了就是摔下来，摔下来一了百了。

我的灵魂忽然又从高空回落，回到了我的身体里，一起回来的，还有疼痛，钻心的疼痛，刻骨的疼痛……

我又想起了袁丹。

在这个城市里，我一无所有，城市的繁华跟我没有任何关系。我上无片瓦，下无立锥之地，只有袁丹。我原本以为袁丹属于我，我以为有了袁丹就有了全世界。现在，我失去了袁丹，也失去了全世界。

我流下了眼泪。我真没出息，居然想给袁丹打个电话。我知道袁丹去意已决，跟她说什么都没用，哭也没用，但我还是想听听她的声音，我掏出了手机……

手机响了。来电话的是许可。

许可说："你们在哪儿，演出快开始了！"

演出？

我太悲伤了。我几乎都忘了，我和许可还有个约定。

演出开始了。

我赶到的时候，舞台上正在上演模特走秀。

震耳欲聋的鼓声，击打着我的心脏，变幻莫测的灯光，闪瞎了我的眼睛。一群身材火辣的女孩在舞台上走来走去，向台下抛来一个个媚眼。

台下的人全神贯注，目不转睛，只有我心不在焉，坐立不安。

我觉得我不应该来。周围的人一个个衣冠楚楚、神采奕奕，跟他们相比，失魂落魄的我简直就像是一个乞丐。"天伦岛"金碧辉煌，是有钱人的天堂。如果不是许可给了我门票，像我这样的人，恐怕一辈子也不会走进这样的地方。演出在小剧场里进行，进门的时候，保安狐疑地看着我，就好像门票是我偷来的。

真是狗眼看人低！

如果不是许可的声音听起来很温暖，如果不是我需要在人群中忘记悲伤，我真不应该来的。我既然来了，就应该专心看演出，为什么还想着袁丹？

此刻，袁丹在干什么？

我眼前忽然浮现出一个画面。我想象着物流先生把他肥胖的身躯压在袁丹身上，袁丹迎合着他，强颜欢笑……这样的想象，让我心如刀绞。

我看了一眼身旁的座位，那个座位是空的，我心里也是空的，没着没落。

音乐忽然停了，灯火也熄灭了，所有人都静了下来。

黑暗中，轻柔的音乐仿佛从悠远的天际飘来。

大幕拉开，一束追光打在舞台上。在追光的照耀下，一个女孩亭亭玉立，一袭长裙，宛如天使，光彩照人……

她是许可！

我眼前一亮，心头一暖。

一条白练从天而降，把许可带到了半空中。

白雾升腾，白练摇曳，如梦如幻。许可起舞，轻似羽毛，随风飘荡。

音乐舒缓，舞姿舒展，时而柔情，时而奔放。

音乐由缓而急，响彻苍穹。许可单手执练，在空中旋转，越来越快……

我看不懂舞蹈，但是，我能感受到美。美好的事物只可意会，不可言传。美好的事物总是能让人忘却悲伤，充满力量。

现在，我正在感受那样的力量，它震撼心灵，又抚慰心灵……

我又一次感到灵魂出窍！

我忽然想起今天是许本昌的生日。我抬头仰望苍穹，心里默默地说了一句：

生日快乐！

音乐由急而缓，奏响尾声。许可飞翔落地，走到台前，鞠躬谢幕。

她直起身来，面含微笑，但是，我分明看到她的眼睛里有泪光闪动。

台下掌声四起，我也情不自禁地跟着鼓掌。

不知不觉中，我已经泪流满面。

第
九
章

一片纸巾递过来，递到我眼前。

我抬起一双泪眼，惊讶地看着郝队。

郝队仍然面无表情。不过，他的行动已经说明了他对我心怀同情。

郝队看起来跟我爸差不多大。如果他有孩子的话，应该也跟我年龄差不多。如果坐在他面前的是他自己的孩子，他会想些什么、说些什么呢？

我接过纸巾，擦了擦眼泪。我忽然注意到三脚架上那台 DV，它还在工作。我连忙扭过头去，避开了它的镜头。

如果我最后被判有罪的话，我很有可能会上电视。这一段痛哭流涕的镜头，也许会被剪辑出来，用来告诉观众，我为自己所做的事情悔恨不已。

如果我上了电视，我爸也许能看到，他又会想些什么、说些什么呢？

很小的时候，我看过县里电视台自办的一档节目，节目的名称我已经忘了，但是我记得节目内容，就是有人在电视上忏悔。他们要么是小偷，要么是骗子，要么是劫匪，要么是杀人犯……总之，他们都犯了罪。他们胸前挂着一块牌子，上面写着他们的姓名、年龄，还有他们的罪名。他们面向观众，像个木偶一样，嘴里说着我是谁谁谁，我干了什么，我感到很后悔，希望大家以我为戒，千万不要以身试法……

后来有个记者抨击了这档节目，节目就被取缔了。听说那些人还没被审判，就已经上了电视。记者认为，这档节目虽然对震慑犯罪能起到一定的作用，但是，在法庭审判之前，他们都只是嫌疑人，嫌疑人也有嫌疑人的权利，嫌疑人的权利也应该被尊重。那时候我还小，不懂事，我想他们都犯了罪，还有什么权利，还要什么尊重！现在我懂了，我也是嫌疑人，我也有权利，也需要被尊重。

一片纸巾，代表了郝队对我的尊重。我很感动。

后来我还听说，那档节目是在一位县领导的提议下创办的。节目被取缔以后，他还拍了桌子。不过，我觉得他应该感谢那个记者，因为后来他自己也犯了罪，又是贪污，又是受贿，又是包二奶，如果那档节目没有被取缔，他也要上电视，在自己创办的节目里挂着牌子忏悔。他给自己刨了个坑，幸亏坑已经被填平了。

被取缔之前，我爸挺爱看那档节目。每次看的时候，他都特别鄙视那些人，痛恨之情溢于言表，他是一个疾恶如仇的人。

你现在大概能理解，当我偷了邻居家的梨子，他为什么揍我揍得那么狠了吧。他是怕我上电视，胸前挂一块牌子。他大概做梦也不会想到，十几年都过去了，我还是有可能上电视。幸好社会进步了，我应该不用挂牌子，也不用当众忏悔。即使上了电视，我脸上应该也会打上马赛克。

我妈告诉我，我爸年轻时的理想就是当警察。不过，他没有那个命。后来，他又把希望寄托在我身上，他希望我长大了当警察。我也没有那个命。

我小时候的理想是结婚。我四岁就想结婚，我不懂结婚是为了什么，但是，我能看出那些大人结婚的时候都挺高兴的。我觉得，高兴就是我的理想。

我爸觉得，结婚这个理想太不着调了，说出去，别人还以为我是个小流氓。他非让我把当警察作为人生目标。我觉得当警察其实也挺好的，我也想当警察，当警察也不影响我结婚。不过，我想当警察并不是为了维护世界和平，而是因为警察有枪。我胆子小，身体又弱，经常被别人欺负，从来也不敢反抗。我总觉得，如果我怀里揣一把手枪，不但很酷，还能壮胆，谁敢再欺负我的话，就亮出家伙直到把他吓尿。后来我身体越来越强壮，胆量却一点儿也没变化。

现在，我不仅没当上警察，还落到了警察手里。当警察的理想早就破灭了，结婚的理想差不多也要灰飞烟灭，命运真是会捉弄人！

不知道警察有没有通知我爸，也不知道如果他看到我现在的处境会怎么想。

再说说我爸，再说说那档电视节目。每一次，当电视上的那些人忏悔完了，我爸都会说同一句话：没用的东西！

这是我爸的口头禅。他也总这么说我。

对于我来说，我爸的致命武器除了他蒲扇大的巴掌以外，还有这句口头禅。他的巴掌就像如来佛的五指山，压得我喘不过气来。他的口头禅就像一个咒语，把我越变越小，越变越小，比苍蝇小，比蚊子小……小到看不见为止。

走路时摔了一跤，没用的东西；吃饭时掉筷子，没用的东西；考试不及格，没用的东西；干活割破了手，没用的东西；被别人欺负，没用的东西……

从小我就知道，我是个没用的东西。

长大以后我才知道，就连一张手纸都有它的用处，手纸还能用来擦屁股呢，我怎么就成了没用的东西，难道说，我连一张手纸都不如？

上中学的时候，有一次，我企图跟我爸好好谈谈，谈一谈我和手纸的问题。我说，如果我是个没用的东西，那你是什么，我有用没用，不都是你的基因决定的吗？我的科学道理还没有讲完，我爸就亮出了另一件武器，他抡起了巴掌……

我在网上看过一篇文章，文章里说，外国有个科学家做过一个奇怪的实验，他养了两盆花，两盆花一样，培育方法也一样，就连每天施多少肥、浇多少水都是一样的，不一样的是他对待它们的态度。对待第一盆花，他总是充满耐心，笑脸相向，说很多赞美的话。对待第二盆花，他总是很暴戾，板着脸，说很多挖苦的话。结果可想而知：第一盆花在好评之下，开得很灿烂，生命力旺盛；第二盆花在差评之下，长得奇形怪状，很快就枯萎了。

你看，就算是一盆花，它也需要尊重，不然，它就死给你看！

当然，网上的东西真真假假，雾里看花，水中望月，也不能看了都当真的。网上有消息说，埃及有个木乃伊怀孕了，怀了个男孩，孩子他爸是考古队队长……不管你信不信，反正我不信。但是，关于这两盆花的实验，我宁可相信它是真的。我相信，万物生长，都需要尊重。

我觉得，我就是第二盆花，我还没有完全长开，就快要枯萎了。

我以前认为，正能量和负能量是一种精神层面的东西，物理层面是不存在的。现在我不这么看，我认为它们是真实存在的，只是我们凡胎用肉眼看不见而已。就像手机信号，我们也看不见摸不着，但是它确实存在，它不是一种精神力量，而是一种物理现象，是科学。我们总不能依靠精神力量来打电话吧。

如果我将来还有机会结婚的话，如果将来我有了孩子，不管男孩还是女孩，我一定要把他们当作第一盆花来对待，每天都要赞美他们，每天都要鼓励他们，每天都要给他们正能量，绝对不给他们负能量，一丁点儿负能量也不给。

我自己身上的负能量太多了，不能把它遗传给下一代。如果他们像我一样，我还不如不结婚，结婚了也不生娃，免得他们拖累社会，拖累大家。

不过，在思考下一代的问题之前，我自己就需要正能量，可以说是充满渴望，就像尿毒症患者需要透析一样。不透析的话，我真的要窒息了。

许可带给我的，就是正能量。

许可的节目结束了，但是演出还没有结束。一个穿得像小丑一样的魔术师，正在舞台上夸张地卖弄，他的节目叫"大变活人"。

就像这个魔术的名字一样，许可突然出现了，坐在我身旁的那个空位上。那个位置本来属于袁丹，现在属于许可。许可显然是下了台以后直接过来的，脸上的妆都没卸，身上的演出服也没换，她只是披了一件外衣，就过来看我了。

这下我们成焦点了。周围的人顾不上观摩舞台上的魔术表演了，纷纷扭头，看许可，也看我。

许可实在太耀眼了。人们不用细看，一眼就能认出来，她就是刚才舞台上的那个"空中飞人"。人们惊讶地看着她，看我的眼神却很奇怪。也许，他们不明白，那么光彩照人的一个女孩，为什么会跟一个"蛤蟆哥"坐在一起。按道理，"蛤蟆哥"应该感到幸福，应该笑才对，可是他为什么一直在掉眼泪？

　　我止不住自己的泪水，也受不了别人的眼神，于是我站了起来，夺路而走。许可莫名其妙地跟了出来。在小剧场门外的走廊里，她追上我，拉住了我的手。她的手很温暖，也很有力量。当时我并不知道，这双手将来能救我的命。

　　我什么都没解释，她也什么都没问，好像什么都知道一样。

　　她拉着我的手，把我带到了后台，带到了化妆间。

　　她说："你等我一会儿，我卸个妆，换身衣服，我们一起走。"

　　我说："好。"

　　她的眼神那么温暖，声音也那么温暖，我能说什么呢，我只能说好。

　　她很快就卸了妆。她化妆很漂亮，不过有点儿冷艳，不太容易让人接近似的。她卸了妆也很漂亮，素面朝天，就像是一个邻家女孩，让人很容易产生亲切感。

　　她走进了更衣室，拉上了布帘。

　　化妆间里没有别人，很安静。我就在那儿坐着，手上好像还有许可的体温，心里好像也有了一丝暖意。

　　突然，门口传来了脚步声，进来两个年轻男人。他们一高一矮，一胖一瘦。高的瘦，一头黄毛，扎个小辫。矮的胖，是个秃头。面相都不善良，一看就是那种街头混混，反正不是什么好人。

　　他们看了我一眼。那种眼神我早已经习惯了，就像我是透明的，不存在一样。我也确实没什么存在感。我心想，他们来干什么，难道……

我的心理活动还没有结束，他们已经走到了更衣室门口，一把掀开了布帘。许可一声惊叫，下意识地拿脱下来的衣服遮挡住胸部。

两个混混显然都喝了酒，走起路来摇摇晃晃的，醉态淫邪。

秃头舌头打结："你就是许……许可吧，听说你在找……找我们？"

许可很慌乱："谁找你们，你们是谁呀？"

黄毛先指着自己："我是目……目击者，"再指向秃头，"他是凶……凶手！"

他们一阵浪笑，上手拉扯。许可双手护胸，拼命挣扎。

如果是在大街上遇到这种人，我一般连正眼都不敢看他们一眼。如果我看他们，他们会问我看什么看，如果我敢接话，他们就敢上来动手动脚。他们看上去家境不错，职业就是找碴，如果没有碴可找，生活就会显得很无聊。遇到他们，我躲都躲不及，哪儿还敢招惹！

但是，现在这个局面，就算我胆子再小，我也得做点儿什么。我是没有存在感，但是我毕竟存在，我也必须证明自己存在。

我冲了上去，用自己的身体隔开了他们和许可。

我说："干什么你们……"

"啪！"响声很清脆。

我都没看清是谁动的手，腮帮子又木了。

算上袁丹打我的那一下，这是我今天挨的第二记耳光。

秃头说："傻逼！"

我忍了。我把布帘拉上，挡住了许可，转身面对他们。

我说："你们别在这儿闹事……"

"啪！"又一记耳光。这次我看清了，是黄毛动的手。

黄毛说："闹事怎么了？这位英雄，闹事怎么了？我问你闹事怎么了？"

我又忍了。我说："你们再闹，我可报警了……"

"啪！"再一记耳光。还是黄毛动的手。

我感觉鼻血流了出来，用手一抹，指头上果然是红的。

够了！

我觉得压力已经足够了。现在我就是一粒玉米，现在我就在高压锅里，我觉得，现在我可以爆了。

都准备好了吗？我就要爆了……

我爆了！

我抡起巴掌，还了秃头一记耳光。

"啪！"一个美妙的声音。

我知道为什么有些人爱动手了，因为动手的感觉简直是太爽了。

他们撒野仗的是酒，我发飙凭的是气。谁说的只有酒壮尿人胆？我告诉你，酒色财气，其实都可以壮胆。酒在两个混混体内，色在我身后，财在他们兜里，气在我心头……不多不少，就胆量而言，我和他们至少能打个平手。

一直都是黄毛在动手，为什么我偏偏要打秃头呢？不为别的，就因为他胖，我把他当成了物流先生，我把我心头积压已久、无处宣泄的满腔悲愤，一股脑儿地发泄在他那张肥得流油的胖脸上了。

我几乎用尽了全身力气，一巴掌抡了出去。在巨大的惯性之下，我身体前倾，险些没站住，差一点儿就摔倒了。

秃头被打傻了，鼻血也流了出来。黄毛不傻，他扑了上来，我也扑了上去。秃头很快清醒过来，加入了战斗，我们扭打成一团……

我真希望告诉你，我三拳两脚就把他们打趴下了，把他们打得哭爹叫娘。

我真希望告诉你，其实我身怀绝技，我会如来神掌，会用咒语把他们变小，这些都是我爸教我的。我一直隐而不发，只是不想让江湖上重现腥风血雨。现在，他们把我逼急了，我不得不出手，活该他们倒霉。

我真希望能这么说。

但是，这不是漫画，也不是童话故事，这是现实。

现实就是，他们打架比我更有经验，出手也比我更凶狠。我脸上挨了几拳，肚子上挨了几拳，裆下挨了几脚……他们三拳两脚就把我打趴下了。

他们把我打趴下以后，还拼命用脚踢我的脑袋，就像是在踢球一样。一下，又一下，再一下……巨大的疼痛感来袭，我失去了知觉……

醒来的时候，我已经躺在了医院里。

天都亮了。我昏睡了一整个晚上，因为脑袋上的伤，也因为医生输的液。

许可一夜没睡，看上去有些憔悴，她守在床边，看着我，眼神很忧虑。

这样的场景似曾相识，我好像在哪儿见过似的。只不过，我们互换了位置，互换了姿势，现在是我躺在病床上，许可坐在病床边。我想，这就叫移形换影，这就叫世道轮回。

我醒来后的第一个问题是："他们没欺负你吧？"

这确实是我当时最关心的问题。如果我都被打晕了，那两个混混还能得逞，那我就真成"没用的东西"了。

许可摇了摇头："没有。"

我很欣慰。看来这顿打没有白挨，看来我不是"没用的东西"，我比手纸强。

她告诉我，我被打晕之后不久，几个保安就赶到了现场。在"天伦岛"里，类似的事情并不少见，所以，保安们总是会巡视各处，也总是有办法处理问题。

保安为什么不早点儿出现呢？他们早点儿出现，我就不用逞能、不用挨这顿打了。话说回来，我还是得感谢保安，他们帮忙叫了救护车，又把我抬到了救护车上。我真不应该说他们的坏话，不应该说他们狗眼看人低。

另外，我觉得挨打其实也没有那么可怕，甚至可以说，这顿打挨得也挺值，至少我撕掉了身上的一个标签：胆小鬼。这个标签一直让我抬不起头来，现在，我可以大大方方地告诉别人，我其实没有那么尿，不信你动我一下试试？

许可流下了眼泪，她说："你到底怎么了，跟我说说好吗？"

就像我的眼泪曾经让她渴望倾诉一样，看着她的眼泪，我也很想倾诉。

我压抑太久了，必须找一个出口。现在出口就在眼前，我开始倾诉了。

我想到哪儿就说到哪儿。我说到了袁丹，也说到了我爸，还说到了我妈。我说了小时候的事情，也说了上学以后的事情，还说了进城打工以来的事情……我几乎把我这一辈子受过的所有委屈都告诉她了。我觉得自己简直不像个男人，而像个爱哭的小姑娘，絮絮叨叨，没完没了。

当然，我没有把我和曹克最近干的那些事情告诉她。我的脑袋只是让人踢了，又不是被门挤了。

本来我的脑袋还隐隐作痛，奇怪的是，当我说完了以后，脑袋忽然不疼了。本来我还一把鼻涕一把泪的，奇怪的是，当我说完了以后，我忽然没有眼泪了。我觉得很轻松，前所未有的轻松。

但是，许可又哭了，眼泪哗啦哗啦往下流，很难过的样子。

我说："你哭什么呀？"

她说："我心疼。"

我的天哪！

像我这样的人，居然还有人为我心疼？

我忽然又想流眼泪了，不是因为难过，而是……是因为什么呢，难道是因为幸福？

我脑袋不疼了，本来想起床的，但是，我决定再躺一会儿，继续享受幸福。我太需要幸福了，哪怕幸福只是假象，哪怕只是一小会儿，稍纵即逝。

我就这样躺着，看着许可。许可也看着我，泪光闪闪。

我想，如果她是袁丹，该有多好！我真没出息。我知道我不应该再想袁丹，但是我也没有办法。我的脑袋被人踢了，一时半会儿还转不过弯来。

我也知道，我对袁丹，那不叫真爱，那叫犯贱！

许可擦了擦眼泪，掏出了手机。她摆弄着手机，好像在找什么。找到以后，她连上了耳机，把一只耳塞塞进她自己的耳朵里，另一只塞进了我的耳朵里。

音乐立刻充满了我的世界，我听到了一首歌……

披星戴月地奔波，只为一扇窗，

当你迷失在路上，能够看见那灯光。

不知不觉把他乡，当作了故乡，

只是偶尔难过时，不经意遥望远方。

曾经的乡音，悄悄地隐藏，

说不出的诺言，一直放心上。

有许多时候，眼泪就要流，

那扇窗是让我坚强的理由。

小小的门口，还有她的温柔，

给我温暖，陪伴我左右……

我哭了，又一次泪流满面。

许可也哭了，和我泪眼相对。

她说："好听吗？"

我说："好听。"

她告诉我，这首歌的名字叫《异乡人》。我记住了歌手的名字，他叫李健，声音很忧伤，也很温暖。

我觉得，这首歌就是写给我的，我就是一个异乡人，一条流浪狗。只不过，我好像看不见那一盏灯，也看不到那一扇窗。

许可说："你饿吗？"

我说："饿！"

我是真的饿了。她一提醒，我才发现自己饿得心慌。上一顿还是昨天的中午饭，被袁丹打了一耳光之后，我开始四处流浪，然后去看许可演出，然后被打晕了，晚饭也一直没顾得上吃。

她说："你想吃点儿什么？我去给你买。"

我说："随便，都行。"

许可走了。我一个人待着，心里感觉暖暖的。

在最不应该出现的时刻，房东忽然出现了。

当房东矮胖的身躯出现在病房门口的时候，我心头一紧。不用掐指算日子，我也知道，半个月已经过去，期限终于到了。

房东走过来，笑里藏刀："听说你受伤了，没事吧？"

我勉强笑笑："没事，谢谢！"

她像个笑面虎，居然不提房租的事情，好像在等我争取主动，争取宽限时间。

我难以启齿："房租的事……"

她继续笑："房租啊，你女朋友替你交了。"

袁丹？

什么情况？

袁丹都劈腿了，还想着替我交房租？这算什么，青春损失费吗？

我心里不是滋味。原来，我的青春折合成现金，就是几个月的房租。

房东又说："我记得你女朋友脾气挺暴的，电话里怎么跟换了个人似的。"

我明白了，她说的是许可。我说呢，袁丹怎么知道我在医院？

我从枕头边拿起手机看了看，手机上有四五个未接来电，都是房东打来的，最后一个接了。我能猜到是怎么回事：房东大早晨醒来，忽然想起来该收租了，于是她拼命打电话，而我一直不接，她正要抓狂的时候，许可替我接了电话。

我不明白，房东已经收了房租，为什么还来找我呢？

她说："听说你住院了，我就琢磨着，咱们也认识好几年，也算是朋友了，不来看看你，好像我一点儿人情味都没有似的，你说是不是？"

我心想，你既然来看我，也不拎点儿东西，至少带点儿水果什么的，真抠门，一点儿诚意都没有。不过，她能来看我，我还是挺感动的。我觉得她也没那么坏，甚至还有点儿可爱，我真不应该说她像个煤气罐，她一点儿也不像煤气罐。

房东走了，把人情味留下了。

许可回来了。她带回来一碗粥、两个鸡蛋，还有几个馒头。

其实我完全可以自己动手，但是，我仍然躺着不动，我还想继续享受享受。这样的机会千载难逢，过了这个村，不一定还有这个店。

许可拿勺盛粥，吹吹热气，一勺勺地喂我。

这是我第一次这么近距离地观察许可，鼻息相闻。她皮肤真好，白里透红，大大的眼睛清澈见底。我看着她，忽然又想起了我妈，我妈年轻时也很漂亮，可惜她嫁给了我爸，生出我这么个没用的东西。

许可不知道我在想什么，她一边给我喂饭，一边冲我傻笑。

我感动得五体投地，真想张开双臂抱抱她，但是我不敢。

我说："谢谢你！"

她说："谢我什么？你是因为我才受的伤。"

我说："房租的事……"

她说："你知道了？不着急，什么时候有钱了你再还吧。"

我说："还有医药费……"

她说："医药费你不用给了，这笔钱应该由我来出。"

人穷志短，我都没有底气跟她争，我真不是个男人。

我吃饱了，胃里暖了，身上暖了，心头更暖了。

我觉得，如果我再赖在床上装病，那就不像话了。虽然许可说住院费她出，但是我也不能把医院当宾馆来住。

我决定出院，许可也拦不住。

我们离开了医院。许可要开车送我，我没同意。我告诉她，我还有点儿急事，处理完了我还会再去找她。她好像还有点儿担心，不过她也没有坚持。

我们分手了。

我回到出租屋的时候，曹克正要出门，身上背个包，行色匆匆。

我背靠在房门上，挡住了他的去路："我手机呢？"

他说："我得出去一趟，咱俩明天约个时间，好好聊聊……"

我说："聊个屁呀，快把手机给我！"

他目光闪烁："手机……我还没拿回来呢。"

看来不放大招不行，不放大招他不会投降。我掏出曹克给我的那部新手机，拨了110三个数字，绷着脸，展示给他看："手机给我！"

他说："哟，跟我来真的是吗？行，要不咱俩现在就聊！"

我说："咱俩没什么可聊的，给你十秒钟……"

他不肯就范："你这是闹哪样啊！这样吧，如果拿到钱，我那份先不要了，先帮你付首付，你再把买来的房子租给我，这样月供你都不用发愁了。"

我继续施压："最后五秒……"

他继续顽抗，变戏法似的掏出一张彩页小广告："今天我还帮你看过房呢。你看这个怎么样，高级公寓，环境特好，只要能拿到钱，这地方不买也租一套，咱们也享受一把。我都受够了这破屋子，真不是人住的地方……"

我接过小广告，看都不看，一把揉了，扔进垃圾篓："最后一句，手机呢？给，还是不给？"

他转身去翻垃圾篓，我按下了拨出键，手机"嘀"的一声……

曹克被吓住了，连忙回头："给，给，我给，我给！"

他手忙脚乱地掏出了手机，我按下了挂机键。

终于，我拿回了自己的手机。

手机里的视频还在，我重温了那个惊悚的片段：周正冲了上去，抢起钢筋，钢筋自下而上，划出一道诡异的弧线，许本昌一声不吭，砰然倒地……

我关掉手机，闭上双眼，心有余悸。

我睁开眼，又看到了曹克。他好像不着急出门了，心有不甘地看着我。

他说："我的计划那么周密，只下错了一步棋。"

我说："什么？"

他说："不该让你去当卧底！"

我嘲弄他："我说过，我心理素质不行。你也说过，我总是心太软，心太软，把所有问题都自己扛！"

他说："你是不是爱上她了？"

这个问题问得好！

我也不知道自己是不是爱上她了。一个天仙一样的女孩在我面前晃来晃去，要说完全不动心那也有点儿矫情，只不过，像我这样的人，从来也不敢奢望太多。而且，我才刚刚失恋，短短一天，我还没有完全从袁丹的阴影里走出来，所以，我不知道我对许可的感情算不算爱情。我能确定的是，我不能辜负她对我的恩情。不过，这些都不能跟曹克说，说了他也不懂，他只会做生意。

我说："也许吧。"

他说："那她呢，她爱你吗？"

我说："可能吧。"

他自嘲地说："我成什么了，我成媒人了，非诚勿扰？"

我说："如果我们在一起了，请你吃饭！"

拿回了手机，我显得很放松，还有心情拿他开涮。

他不说话了，仍然盯着我的手机，贼眉鼠眼的。我连忙把手机塞进裤兜里。

我掏出了另一部手机："你的手机，还给你！"

他说："送你了。"

我说："为什么？"

他说："不为什么，你都用了，接着用吧。"

我没坚持。我的手机就要给许可了，我也确实需要另一部手机。

不过，我怀疑曹克又要耍心眼，给我点儿好处，然后将我一举拿下。我提高警惕，只等他出招。来吧，水来土掩，兵来将挡。

他说："你打算怎么着？"

我打算怎么着？

其实，当许可一勺勺喂我喝粥的时候，我就已经想好了，不要什么快递盒子，也不要隐姓埋名，我要光明正大地亲手把手机交给她，把一切都告诉她。即使她以后再也不理我了，至少我也能图个心安。我承受不了她对我的好，如果我还瞒着她，不跟她说实话，我还算个人吗？我还有人样吗？

曹克已经完全没有人样了。他脸色煞白，状态萎靡，整个人都不好了。

他说："手机一交，咱俩的麻烦就大了！"

我说："咱俩一没偷，二没抢，就算有麻烦，交了证据，也算是将功补过！我上网查了，如果有立功表现，警察也许不会再追究责任。"

他说："那也留了案底！"

我不以为然："那又怎么样？"

他说："你不想结婚了吗，你问问袁丹，她愿意嫁给一个有案底的人吗？"

又拿袁丹恐吓我，还有新鲜花样没有？

我心想，还问个屁呀，我有没有案底，关袁丹鸟事，她才懒得管我死活！不过，袁丹的那些破事，不值得跟曹克说，说出去丢人，袁丹丢人，我也丢人。

我说："我问过了，袁丹说没事！"

他半信半疑："真的假的？要不，我给袁丹打个电话……"

我无动于衷："你给她打吧，现在就打！"

他没打电话，继续恐吓我："案底是什么你知道吗？它就是一颗定时炸弹，说不定什么时候就爆了，'砰'的一声，把你的前途都炸飞了……"

我说："我都这样了，还要什么前途，还有什么前途？"

他说："有个案底，你不闹心吗？"

我说："闹心？如果我不说实话，我才会一辈子闹心好吗！"

曹克低着头，喘着气，终于无计可施了。

他忽然抬头看我："那我呢？你想过我吗，我怎么办？"

我说："放心吧，我绝对不会出卖你的！"

他不放心："警察要是问你，你怎么说？"

我说："门是我撬开的，视频也是我拍的，所有的事情都是我一个人干的，跟你没有一毛钱关系。我跟警察不会提你，一个字也不提，行了吧？"

他终于放心了，他的眼圈红了，忽然张开双臂拥抱了我。

他说："好兄弟，够意思！"

曹克的情绪感染了我，我也张开双臂拥抱了他。

我知道，只要出了这扇门，短时间内我是回不来的，将来还能不能见面也不一定。虽然我不怎么喜欢这个猪一样的室友，但是，毕竟在一起住了几年，我们还是有感情的。这种感情平时不知不觉，只有到了分手的时候才能体会。

我忽然又想流泪。不过我忍住了，紧紧地拥抱了他。

我们拥抱了一会儿，他松开我，惨淡一笑："保重！"

我也说："保重！"

带着一种壮士一去不复还式的悲壮，我告别了曹克。

其实，后果也不一定有那么惨。许可说不定可以原谅我，也不会出卖我。她报了仇，我也没暴露，多好！至于以后我们还能不能做朋友，以后再说。

我上了地铁。地铁飞驰，开往许可家的方向。

其实我应该打出租车的，不过，我又开始心疼钱了。房租都是许可替我垫的，我不能再乱花钱了，乱花钱就不像话了。

地铁里人太多了，像个人肉罐头。我站在拥挤的人群中，呼吸都有点儿困难。人们挤来挤去，我都快被挤成人干儿了。

终于到站了。我几乎没动，就像行尸走肉一样，被人群裹挟着飘出了车厢。台阶上也都是人，有的进站，有的出站，个个步履匆忙，来来往往，疲于奔命。有个瘦子迎面走来，脖子上露出刺青，他来势汹汹，我连忙躲闪，还是没躲过，被他重重地撞了一下肩膀。他也不道歉，扬长而去。我心里不爽，又不敢发作，只好自认倒霉，继续跟随着人流出站。

我像在逃难一样，逃出了地铁站。

那片废墟遥遥在望，我满怀豪情，大步流星地向许可家走去。

一切即将结束！只要把手机交给许可，我就能卸下心里的包袱。

我掏了掏裤兜，忽然惊住了……

我的手机呢？

我在裤兜里一阵乱掏，连衬布都掏出来了，就是不见那部要命的手机。

我浑身一颤，又一次感觉自己被雷劈了！

我的脑海里瞬间闪回一个场景：一个瘦子迎面走来，撞向我的肩膀……

我仓皇转身，跌跌撞撞地跑回了地铁站。

我像只无头苍蝇一样，在站台上奔走，四处张望，不放过每一个身影，不放过每一张面孔。

在地铁里寻人，就像在大海里捞针一样让人绝望。我徒劳一场。

人海茫茫，那个瘦子带着他的刺青，带着我的手机，消失得无影无踪。

我绝望地停下脚步。眼前人头攒动，混沌不清。耳边轰隆作响，嘈杂不堪。噪声如潮，排山倒海，猛烈地冲击着我的耳膜……

耳里一震，我什么都听不见了。

眼前一黑，我什么也看不见了。

第十章

小警察带回来一张纸条，他看起来有点儿沮丧。

我没有看到纸条上写了些什么。不过，我能猜到那是我们公司的一份订单，上面应该有柴伙的名字，还有送货时间和收货地址。

郝队看了看订单，却没有任何表示。他没有出牌，看来我不用接招。

有些事情就是那么巧。其实也不算巧合，我是个送快递的，给谁送不是送，张三、李四、王二麻子……柴伙是个坏人，但是，公司又没有规定不能给坏人送货。沈默也是坏人，我不是照样给他送货？

曹克认不认识柴伙我不清楚，我只知道，我确实不认识柴伙。我没有说谎，见过不代表认识。我心虚不是因为说谎，而是担心自己说不清楚。我太紧张了，经历了那么多事，我就像一只惊弓之鸟，神经都快绷断了。

郝队放下订单，跳过了这个话题，继续关心我的手机。

他说："手机丢了，报警没有？"

我说："没有。"

他说："为什么不报警？"

我也问自己，手机丢了，为什么不报警？

这不是我第一次遭遇小偷，我却从来没有报过警，为什么呢？

小时候我偷过邻居家的梨子，我爸的巴掌让我明白，偷盗是犯罪，很可耻。不过，当时我只是明白了这个道理，还不能算是有切身体会。那个时候，我已经知道了梨子是什么滋味，但是，梨子被别人偷走的滋味，我并不清楚。

现在我当然知道那是什么滋味，我也知道为什么小偷过街，人人喊打。

我印象比较深刻的，大概有三次失窃经历，一次比一次更悲催。

第一次失窃，还是在我上小学的时候。有一次，我很意外地考了全班第一，作为奖励，我妈妈送给我一个文具盒。我拿着它到处炫耀，小伙伴们都惊呆了。不过，我只洋气了一天，放学的时候，它就不见了，我找了很久也没有找到，后来我再也没有见过它。记忆中，我像个小女孩一样，当着老师和小伙伴们的面，流下了伤心的泪水。

不管怎么说，这也算是一段童年阴影。我没有报警，老师也觉得没有必要，警察叔叔都很忙，有很多坏人要抓，总不能让他们去帮我找一个文具盒吧。

第二次失窃，就在我进城的第一天。那时候，我像所有进城务工人员一样，扛着一个编织袋。那是农民工的标配，里面有衣服、鞋子、毛巾、牙刷、茶缸、饭盆……各种家当，各种杂物。我妈妈几乎把所有可能用得上的东西都装了进去。我扛着这个杂货铺一样的编织袋，坐上了火车。火车开了一宿，路上我睡着了。当我醒来的时候，火车已经到站了。所有人都往车厢外走，我不愿意跟别人挤，于是就坐在那儿等着。等所有人都走光了，我一抬头，才发现行李架上是空的，我的杂货铺不见了。我不明白，为什么有人想要一个看上去又脏又破的编织袋。袋子里什么都有，就是没钱，钱都被我藏在内裤里了。我那些衣服的款式都很土气，我当时还想，不知道小偷喜不喜欢，也不知道他穿上合不合适。

同样，这一次我也没有报警，我是怕麻烦，那时候，我还没有办理暂住证。出发前，有个老乡告诉我，如果警察发现我没有暂住证，很可能把我当作盲流，遣返原籍。我不想被遣返，所以不敢报警。后来我去办暂住证，填资料的时候，有一栏要填"目前状态"，我不知道那是什么意思，也不知道要不要实话实说。我很想填"郁闷中"，又怕挨骂，结果什么都没填，警察也什么都没问。另外，还有一个问题我不太明白，城里人去我们乡下，为什么不用办暂住证？

第三次失窃，是在我当上了快递员以后，那一次的损失最惨重。进城以来，我一直居住在城乡接合部，而我们公司位于中心城区，两地相隔半个地球。我当然想过在公司附近租房，但是我的钱包不同意，所以我只能像个候鸟一样，每天早晚来回迁徙。公司不允许我们把三轮车骑回家，挤公交和地铁又很麻烦，尤其是一早一晚两个高峰时段，跟春运似的，硝烟弥漫，好几次我都差点儿中暑。后来，我一咬牙，买了一辆电动摩托车。

虽然它只是个二手货，无牌无照，不过，它毕竟是一辆摩托车。在我眼里，它简直就是个宝贝。我给它起了个名字，叫小黑。骑上它带袁丹去兜风的时候，我觉得自己简直帅呆了、酷毙了。有一天我突然发现它不听话了，怎么也打不着火。开始我还以为它生病了，后来才发现安装在车座下面的两块锂电池被人偷走了。车座是上了锁的，但小偷也是专业的。

我找到了存车处大爷。我说："我交了存车费，你为什么不帮我看车？"他说："我一直看着呢，你那辆车不是在那儿好好的吗？"我说："好什么呀，电池都丢了。"他说："我只管看车，电池的事不归我管……"总之，我说不过他，只好自认倒霉。不过，可以自我安慰的是，小偷总算是把小黑给我留下了。我想，配两块电池，它应该还能像以前一样活蹦乱跳。

第二天上午，我去买了电池。电池并不便宜，几乎相当于小黑一半的价钱。当我扛着那两块巨沉的电池，兴冲冲地回到存车处时，突然发现小黑也不见了。我看了看脚下断开的锁链，又看了看手上新买的电池，刹那间石化成了雕塑。

该死的小偷！他们还能不能有一点儿职业道德，能不能照顾一下别人的感受，他们就不能一次把活儿全都干完吗？

我又找到了看车大爷，大爷也很着急，他一着急，就把他的儿媳妇找来了。他儿媳妇很泼辣，先问我摩托车上没上保险，我说没有。又问我买车有没有发票，我还是说没有。她说没有发票就不好办了，她建议上派出所，我同意了。

派出所就要到了，她突然问我，如果警察怀疑这辆摩托车本身是我偷来的，我能不能跟警察说清楚。我告诉她，我不知道。我说的是实话，我确实不知道。于是，她温馨提示我不要给自己找麻烦……去她大爷！

最后的结果是，他们把我缴纳过的存车费如数退还给我，再没有其他补偿，就像我从来没有在那儿存过车一样。这是我距离报警最近的一次，只差一步。

后来我只能每天挤公交换地铁，辛苦也没有办法。至于新买的那两块电池，我也不知道那两个又蠢又笨的家伙还能干什么用。我想退货，但是卖家不同意。我想送给曹克，但曹克的摩托车喝的是汽油。后来我又想上网贴条把它们卖了，却没有人对它们感兴趣。一直到现在，它们还趴在我的床底下。每当我想起它们，就有一种欲哭无泪的感觉。

无论是文具盒、杂货铺，还是摩托车，跟我的手机比起来，损失都不算什么。按道理我应该报警，但是我没有这个习惯。即使有这个习惯，我也不敢这么干。我磨磨叽叽的，就是怕自己说不清楚。

我蹲在地铁站里，欲哭无泪地看着周围人来人往。我很想找个人哭诉，就像祥林嫂那样，但是，没有人认识我，也没有人知道我有多崩溃。

我垂头丧气地回到了出租屋，忍不住向曹克倾诉。

曹克很震惊，也很生气，他气得嘴巴都歪了。他一生气，就开始胡说八道。他说我是个傻叉、脑残、二百五……总之，他说了很多难听的话。他说我什么，我都不生气，也不还口，我也觉得自己活该。我太大意了，居然把手机弄丢了。地铁里有小偷我早就知道，就像祥林嫂知道冬天有狼一样。我只是太大意了，我一心只想着把它交给许可，赶紧卸下心里的包袱，居然忘了世界上还有小偷，更没有想到，我都穷成这样了，居然还会成为小偷袭击的目标。

我回来找曹克，不是来挨骂的，也不只是来向他倾诉，而是来寻求主张的。等他骂够了，也说累了，我才开口问他："怎么办呀？"

他说："什么怎么办，找啊！"

我说："人早跑了，上哪儿找去？"

曹克毕竟岁数比我大，社会经验也比我丰富，等他出了气，平静下来以后，就帮我分析了一下局势。他分析说，小偷偷走手机以后，一般不会留着自己用，转手卖了换钱才是他们的目的。至于卖给谁，总体上会有三种可能。

第一种可能：卖给路人。

我遇到过这样的情况。在街上走着，迎面走过来一个人，鬼鬼祟祟的，他忽然走到我跟前，变戏法似的从裤兜里掏出一部手机，小声问我："手机要吗？"我每次都躲着走，我知道手机是他偷来的，偷来的东西，再便宜我也不要。

如果我的手机已经被小偷卖给路人了，想要找回来，恐怕比登天还难，谁会从一个小偷手上购买一部山寨苹果呢？当然，也不排除有人像我一样看走了眼，但是，又有几个人像我一样脑残？

第二种可能：卖给手机店。

我在一些手机店里购买话费充值卡的时候，看到过柜台里摆放着许多旧手机。我也怀疑过它们中有一部分来路不正，但是我没有证据。现在，我宁可相信，我的手机就摆在某个手机店的柜台里。

事不宜迟，我和曹克火速赶到事发的地铁站附近。附近还真有几个手机店，我们装作买主，看来又看去，还让老板把压箱底的存货都拿了出来，逐一甄别，结果也没有找到那只该死的大嘴猴。

第三种可能：卖给许可。

曹克认为，这种可能性最大，我也这么认为。许可的悬赏视频已经被刷爆了，小偷应该也能看到。如果他打开我的手机，看到杀人视频，他的反应可想而知，就和曹克当时的反应一样。

手机丢了，我心里本来空落落的，现在却有点儿欣慰。也许是因为本来就迷茫，忽然又有了方向。曹克分析来分析去，结论是：想要找回手机，只能跟着许可。

警察一直在暗中保护许可，按说我没有必要再去找她，不过我还是不放心。我想亲眼看见小偷落网，心里才踏实。一方面我想看看小偷的下场，我不能忍受一个小偷拿着我的手机去敲诈许可；另一方面我也想亲眼看见许可拿到手机，拿到证据，我想亲眼看到这一切尘埃落定。但是，我不知道见了许可该说什么，我实在没有脸去见她，于是我决定暗中监视。

我蹲在废墟里，以残垣断壁作为掩体，盯着许可的家门，不敢有丝毫松懈。奇怪的是，我没有看到那辆面包车。我想，警察也许是累了，也许是另有任务，警察也是人，是人都会累，而且，证据一直不出现，难道他们要一直这样耗下去？不管怎样，我觉得我来对了，许可需要有人保护。我只是不确定，我那么孱弱，作为保镖，能不能称职？

许可出门了。

我悄悄跟了上去。

许可的小车在前面，若隐若现。我乘坐的出租车在后面，不远不近。

　　出租车司机是个年轻人，他觉得这样很刺激，给他无聊的生活增添了乐趣。他自作聪明地以为，我是在监视自己的女朋友。

　　他说："女朋友劈腿了？"

　　我只顾盯着许可的车尾，一下子没反应过来："啊？"

　　我以为他说的是袁丹。我还纳闷，我和袁丹的破事怎么传到他耳朵里来了？

　　他又说："劈腿了，你还跟着她？"

　　我明白了，不过我懒得解释。

　　他继续胡说："捉奸，对不对？"

　　我心想，好好开你的车吧，好奇害死猫，别那么八卦！

　　许可的小车停了，她走进了一间咖啡屋。

　　我也下了车，悄悄跟了进去。

　　下车之前，出租车司机为我加油："捉住奸夫，狠狠揍他，哥们儿挺你！"

　　我有点儿感动。他虽然话多，也不了解情况，驴唇不对马嘴，唯恐天下不乱，不过，他总算是站在我这一边，也算是有同情心。

　　咖啡屋很高档，一看就不是我这种人应该来的地方。许可坐下了，我也坐下，距离她不算太远，能看到她的背影。

　　服务生过来了，很有礼貌："先生，喝点儿什么？"

　　我说："谢谢，我不渴。"

他愣了一下，又说："先生，在这儿坐着，您就得消费。"

我觉得他说得很有道理，都像我这样干坐着什么都不消费，人家早关门了。我低头看看饮料单，傻眼了。

最后，我忍痛点了一杯橙汁，继续盯着许可的背影。

许可的面前是一个年轻人，干瘦如柴，全身都是名牌，一看就是个富二代。我能看出他不是那个小偷，也能看出他和许可以前并不认识。让我好奇的是，他们为什么见面，难道是在相亲？我竖起耳朵，偷听他们谈话。

许可说："你真的有证据吗？"

富二代说："我肯定能帮你！"

许可说："你把证据给我，我把钱给你……"

富二代说："我要钱干什么？我又不缺钱。我什么都缺，就是不缺钱！"

许可说："那你要什么？"

富二代说："我要什么，你还看不出来吗？"

我看出来了，这是个骗子。他大概是看了许可的悬赏视频，见色起意。

许可当然也看出来了，不过，她还有一点儿耐心。

她说："你到底有没有证据？"

富二代说："证据嘛，咱们可以想办法……"

耐心用完了，许可站了起来："再见！"

富二代也站了起来："我是没有证据，但是，我可以保护你呀！"

许可说："谢谢，我不需要！"

富二代说："你需要！你知道吗，凶手很可能就在你周围！"

富二代危言耸听。许可一愣，我也被吓了一跳。

富二代说："你看看你身后，那个人贼眉鼠眼，盯你半天了……"

他伸手一指，指向的居然是我。许可顺势回头，我来不及躲闪，僵住了。

许可吃了一惊，转身向我走来。

富二代抓住她的手腕，纠缠不休："你别怕，我可以保护你……"

许可反手一拧，臂力惊人。富二代惨叫一声，龇牙咧嘴。

许可扔下富二代，走到我面前。我尴尬地站了起来，不知道说什么好。

完了！许可又感动了。她什么也没问，好像什么都明白似的，拉着我就走，只留下富二代还站在原地，呆若木鸡。

我和许可好像也有了一种默契，无论我做了什么，她都会感动。我不解释，她也不问。我不解释是因为我没法解释。手机丢了，我能跟她说什么呢？可是，她为什么不问呢？如果她问我的话，也许我会崩溃，也许会说出实话，说出一切。她知道我在暗中保护她，她认为这就够了。她哪里知道，在我的这个行为背后，还有那么剧烈的心理活动，还有那么多的故事。

　　许可甚至没有问我的意见，不由分说地拉上我，开车就走。

　　我们一起去买菜。我发现菜市场里的许多小贩跟许可很熟，就像朋友一样。这个送她一捆香菜，那个给她一把小葱……他们对我也很友善，个个冲我微笑。我第一次感觉到菜市场里也不全是讨价还价的声音，还有浓浓的人情味。

　　买完菜，我们回到了许可家。

　　许可居然会做饭，我很意外。我原来还以为，颜值高的女孩通常都很傲娇，她们仙气飘飘，不食人间烟火，不屑于锅碗瓢盆和油盐酱醋，没想到她会做饭。看到她系上围裙的样子，我忽然心里一动，说不出为什么，总之感觉很亲切。

　　进城以来，我基本上每天都是在敷衍自己的肚子，要么吃方便面，要么吃盒饭。盒饭的好处就是快捷又方便，连碗都不用洗，坏处就是不卫生，也没什么营养。我在火锅店里打过工，我知道有些餐馆背地里怎样对待客人。我吃出过小虫子，也吃出过刷锅用的铁刨花丝，甚至还吃出过一块创可贴……太恶心了！

　　许可做饭，我不用担心卫生问题。她家厨房真干净，干净得让人受不了。我很想帮忙，却不敢插手，生怕我的这双手弄脏了食材和碗碟。

　　然后，我们像一家人一样，坐在一起吃饭。我终于明白，什么叫秀色可餐。和许可的颜值一样，她做的菜也让人胃口大开。我很克制，结果还是吃了很多，肚子有点儿胀。我很久没有吃过这么香的东西了，吃出了家的味道。

吃完饭，天黑了。我没说要走，许可也没下逐客令。我们坐着，一起看电视。我盯着电视，但是电视里演了什么我完全不知道。我一直在走神，在想该怎么办。富二代说的都是些屁话，不过他有一句话提醒了我，凶手有可能就在许可周围。警察不在，许可不安全，我该怎么办？难道还像上次那样，在门口蹲一宿？

许可好像看穿了我的心事，她说："你要是不放心，就别走了。"

我说："方便吗？"

她说："你不会要耍流氓吧？"

我说："不会。"

她说："那就方便。"

我说："哦。"

就这样，我顺理成章地留下了，留宿在许可家。

我睡外屋，她睡里屋，中间隔了一堵墙和一扇房门。不过我们什么都没干。许本昌的遗像挂在墙上，在他的注视下，我心里只有愧疚，不敢有半点邪念。

临睡前，许可烧了热水让我泡脚，我受宠若惊，受之有愧。不过我也很享受，享受那种被人伺候的感觉。然后，她把外屋收拾了一下，还为我铺了床。

我们各自躺下。被砸漏的屋顶还没有修好，露出一小片天空。我仰望星空，心潮澎湃，此起彼伏。许可也睡不着，她起来把房门打开，方便我们聊天。

我们聊了很多，想起什么就聊什么。我们不约而同地回避了沉重的话题，聊起了一些相对轻松的事情，比如童年趣事、成长的烦恼、各自的爱好……

她说，小时候她最喜欢的人是孙悟空，她以为猴哥是真实存在的。有一次，她缠着父母，非要给猴哥打电话，又哭又闹，无论他们怎么解释都不听。最后，她爸爸实在拗不过她，只好躲到厕所里扮演猴哥，接听了她妈妈打来的电话……

这个故事又让她想起了父母，她很难过，声音哽咽。

为了转移她的注意力，我给她讲了一个笑话，关于一把斧子：

村里有个老李，磨叽癌晚期患者。有一天，他突然想劈柴，却找不到斧子。他想跟邻居借，但是，邻居家没人，于是他去老张家借。老张是他最好的朋友，他家在村东头，老张家在村西头，两地相隔五分钟路程。

路上，老李磨叽病发作，思来想去，让他纠结的是，老张会不会借给他斧子。借不来斧子，岂不是很栽面。又想，老张不至于那么小气，不就是一把斧子吗，又不是有借无还？再一想，上次老张来借锄头，他当时没借，老张会不会记仇，借机报复……应该不会，老张不是记仇的人。万一他记仇呢？万一他不借斧子，还说难听的话怎么办？不会，老张为人忠厚，不借就不借呗，不至于当面损人！可是，万一呢，万一他不借斧子，还张嘴骂人……

就这样，五分钟过去了。老李一路纠结，来到老张家门口。他终于崩溃了，一脚踹向老张家门，一声怒吼："去你大爷，斧子你自己留着用吧！"

许可咪咪地笑，她完全不知道，我讲这个笑话也有用意，我在影射我自己。我确实很像是借斧子的老李，许可就像老张。我心里揣着一个秘密，七上八下，磨磨叽叽，只差临门一脚，对于许可来说，却好像什么都没有发生过。

渐渐地，许可没了声音，她睡着了，呼吸轻微而均匀。

我又想了一会儿心事，慢慢地也睡着了。

我睡得很香。也许是枕头上的暗香让人沉醉，也许是床铺柔软感觉太舒适，也许是家一样的感觉太让人放松……进城以来，我的潜意识里一直缺乏安全感，从来也没有睡得这么香。

我又做了个梦。

我梦见自己还是个婴儿，躺在摇篮里。我妈妈守在我身旁，轻轻摇着扇子，眼神里充满慈爱，冲着我微笑……

当我醒来的时候，果然看到了一双眼睛。那是许可的眼睛，满是笑意。

她说："睡得好吗？"

我说："啊。"

她说："起来吃早点吧！"

我说："好的。"

接下来的几天，我一直陪着许可，以保护她的名义，暗暗地享受家的感觉。我很想告诉她斧子的事情，却始终张不开嘴。

仍然有人给许可打电话，以目击者的名义。许可宁愿信其有，不愿信其无，我们一起出发，分工明确：她去跟对方接头，我躲在暗处，见机行事。

我们要找的是那个小偷，结果却跳出来几个骗子。

和小偷一样，骗子也是一个奇怪的物种。从古至今，就像对待蟑螂和蚊蝇，人们一直在努力，企图把它们消灭干净，却一直没有成功。

因为那段悬赏视频，许可在网上名气很大，网友们都管她叫"复仇女神"。关于她的名气，我可以举例说明。

有一次，我们在一个商场门口的长椅上坐着，远远观望一群大妈跳广场舞。一个女孩从我们身旁走过，突然又掉头走了回来。她盯着许可说，你是不是……她话没说完，许可断然否认，不是！一般人也就到此为止，女孩却一点儿也不识趣，继续纠缠，先问凶手找到没有，又问是不是故意炒作……我实在是看不下去了，忍无可忍地冲她发了飙。我说，有完没完，离我们远点，听见没有！女孩怕了，转身走了。不过她没有走远，走了两步又停下来，举起手机偷拍了许可的照片，这才消失。我猜她会在微博或微信朋友圈里晒这张照片,用来告诉她的朋友们,她遇到了一个网红,趁机刷一下存在感。

许可的名气,自然也会引起骗子们的注意。他们有事没事,就爱瞎打电话。许可站在风口浪尖上,目标这么明确,当然逃不过他们的耳目。

有一个中年男人,长得奇形怪状,不修边幅,一张嘴就露出了满口的黄牙。他自称是"私家侦探",名片上写得密密麻麻的:讨债、寻仇、找人、婚外情调查……五花八门,神通广大。看不出来,他模样猥琐,居然有三头六臂。

他说:"从作案手法来看,肯定是黑道上的人干的。我干私家侦探这么多年,黑白两道我都有人,肯定能帮你把凶手找出来。不过,求人办事处处都得花钱,你先拿个十万二十万的,我先四处打点一下……"

这不是骗子又是什么?

我有个老乡,因为打架斗殴坐过牢,出狱以后洗心革面,当上了私家侦探。他给过我名片,我也知道一些他的事情。

以寻仇为例。甲想打断乙的腿,又不敢亲自动手,于是找到了我那位老乡。老乡大包大揽,首先找甲要了两万块钱,然后再去找乙。不过,他并没有动手,动手就不高级了。他又找乙要了两万块钱,让乙假装腿断了,去医院打上石膏,摆个 Pose,他拍下照片,向甲交差。最后他两头落好,吃完原告吃被告。

据说,这位老乡并不承认他是卖苦力的,他认为自己是脑力劳动者。

我同意。看来干什么都需要智商，他们怎么能想出那样的主意呢？真让人脑洞大开。

许可当然能看出私家侦探意欲何为。她有时候是很天真，但是，她并不傻，当然不会乖乖把钱交给一个骗子，哪怕是一毛钱，她也不会给。

继私人侦探之后，我们又遇到了一个保险代理。

那也是一个中年男人，穿得比私家侦探整齐，说话也比私家侦探得体。

他说："对于你父亲的死，我们感到非常痛心，也希望你节哀，保重身体。如果你父亲当初买了保险，受益人肯定是你，但是他没买，这实在是太可惜了。许小姐要不要考虑一下？当然，你不买也没有关系，我这儿还有其他理财产品，收益率都不低，你要不要了解一下……"

我对保险行业没有偏见，我只是觉得，他用这样的方式招揽业务，不合适。保险是正当行业，保险代理们道貌岸然的，跟那些招摇撞骗的私家侦探不一样。

继保险代理之后，我们还遇到了一个创业者。

那是个年轻男人，一看就是个搞IT的，短头发，圆领T恤，精神亢奋。

他滔滔不绝地说起了自己的创业项目。他开发了一款软件，想请许可为它代言。名义上，他开发的是个交友软件，说到底就是"约炮神器"。当然他没这么说，他不说我也知道，我没事就爱上网，网上有什么我都知道。

他说："以许小姐现有的名气，再加上我们的包装，一定把你包装成大咖。将来我们还有进军影视行业的计划，再把你包装成一线影视明星，你这么漂亮，身材这么好，我敢担保，将来娱乐圈一姐的交椅肯定是你的……"

他这么说着，唾沫横飞。许可也就这么听着，泪光闪闪，不过，不是感动，而是生气，她感动和生气的反应是一样的。我心想，她脾气真好，这都能忍。换了袁丹，早就打赏他一记耳光，或者把一杯柠檬水全泼他脸上了。

林子太大了，这都是些什么鸟！

无论是富二代、私家侦探、保险代理，还是创业青年，都是以目击者的名义，骗得许可跟他们见面。见面地点大都是在公开场合，没有人身安全方面的隐患，我也派不上什么用场。

当然，并不是每个骗子都这么拙劣，其中有一个男人就演得很逼真。

那人在电话里说，案发时他恰好在安达家园避雨，亲眼看见凶手杀人，还用手机拍下了照片。许可让他把照片发来看看，他严词拒绝，非要当面交易。虽然半信半疑，许可仍然愿意见面。她宁可被人骗，也不愿错过任何一个机会。

接头地点选在郊区一个废弃的仓库里。对方很谨慎，神神秘秘，故弄玄虚。和曹克一样，他也要求单独会面，声称如果发现许可带人来，他立刻毁灭证据。不知道为什么，他越是神秘，越是谨慎，我们就越相信他手里有料。

许可如约前往，我暗暗尾随。

那是一个被工商局查封已久的小作坊，大门上贴着封条，院子里破败不堪，烟囱朝天，却不见半点儿烟火，也不见半个人影。

许可小心前行，慢慢地走进了仓库。

我悄悄接近，走到支离破碎的窗户旁边，向仓库里探头探脑。

仓库里光线昏暗，遍地狼藉。天花板上挂满了蜘蛛网，四面墙边立着货架，货架上布满尘埃，胡乱堆放着许多杂物。

许可走到仓库中央，停下脚步，安静地等待对方现身。

仓库有个后门，门上挂着布帘，布帘一掀，那人闪亮登场，头戴鸭舌帽，身上的西装皱巴巴的。他神经紧绷，四面看看，生怕中了埋伏。我连忙弯腰低头，避开他的扫视。过了一会儿，我又直起身来，继续观望。

鸭舌帽走近许可，开门见山："钱呢？"

许可有意无意地瞟了一眼自己肩上的背包，背包鼓鼓囊囊的。

她说："证据呢？"

对方举起一个档案袋，许可伸手去接，他忽又收回："先给钱！"

许可说："我要先看证据！"

对方瞬间变脸，上去抢夺许可的背包。许可仓促抵抗，两人撕扭起来。

我按兵不动，还不到我出场的时候。

撕扭中，鸭舌帽失手把档案袋掉在地上，许可弯腰去捡。他趁机夺走背包，掀起布帘，从后门逃之夭夭。

许可没有追赶，打开档案袋，掏出了一张张废报纸。虽然已经有心理准备，她还是掩饰不住失望。

门帘忽又被掀起，鸭舌帽去而复返。他怒不可遏，扯出背包里一团团废报纸，迎面扔向许可："骗子！"

许可瞪他一眼，没有理会。

他悲愤地号叫："这个社会，到底还有没有诚信！"

我简直哭笑不得，一个骗子，居然还敢谈论诚信，居然还义正词严！

许可懒得理他，转身就走。鸭舌帽突然抓住她，从背包里掏出了一块砖头，逼近她胸前，露出了狰狞的表情。

他说："老子的厂子黄了，房子没了，老婆跑了，都是被你们这帮骗子害的，今天，我要让你们付出代价！"

鸭舌帽身高力大，许可被逼到角落，动弹不得。

情况危急，该我出场了。

我三步并作两步，跑到仓库正门，抬脚就踹……

我勒个去！

木门年久失修，早已经糟朽，居然被我一脚踹出一个大洞。我骑在门洞上，一只脚在门里，另一只脚在门外，下半身被卡住，进退两难，痛苦不堪。

最后，还是许可过来帮忙，才把我从门洞里解救出来。

我忍住下半身剧痛，一瘸一拐地跑进仓库，四面查看……

鸭舌帽早已经不见了踪影，只有后门上的布帘还在微微晃动。

我说："人呢？"

许可说："被你吓跑了！"

好吧，我虽然很笨，但也不能算是没用的东西。

许可似乎想笑，嘴角一咧，很快又收住了。

她说："要不要上医院？"

我说："不用！"

我们回家了。

回家之前，我去杂货店里买了一个小喷壶，又去菜市场里买了半斤野山椒。许可一直跟着，感到莫名其妙，完全不知道我要干什么。

鸭舌帽给了我一个教训，我要为许可做点儿什么，以防万一。

我打算自制一瓶防狼喷雾。本来我想花钱买，但是，我不知道哪儿有卖的。网上当然什么都有，但是我不能等，订货、发货、送货……太漫长了。

我把野山椒剁碎了，扔进开水锅里煮了又煮，直到把它们煮烂为止。然后，我把辣椒水灌进了小喷壶里，大功告成，就当是我送给许可的礼物。

许可接过小喷壶，随口问了一句："管用吗？"

我被问住了。

我也不知道它管不管用。万一遇到紧急情况，万一它不管用，怎么办？

我收回小喷壶，一咬牙，朝自己脸上一喷……

我的天哪！

不说了，我先揉会儿眼睛，我什么都看不见了，眼睛里一阵剧痛。

你可能觉得我傻，但是，当时只有我和许可，不喷我自己，难道喷许可吗？许可对我那么好，我没有任何理由拿辣椒水喷她！

而且，我从小就知道一句名人名言：想知道梨子的味道，必须亲口尝一尝。现在，我又尝到了梨子的味道，它是辣的，辣到变态，辣到丧心病狂！

睁开眼睛的时候，我已经泪流满面。

奇怪的是，许可也泪流满面，为什么呢，我又没拿辣椒水喷她的眼睛？

她泪眼婆娑地看着我，忽然张开双臂拥抱了我。我也拥抱了她，姿势僵硬，心乱如麻。在那个瞬间，我觉得我已经爱上她了。

爱上一个人，有时候需要很长时间，有时候只需要一秒钟。

许可的身体很柔软，身上有淡淡的体香，我沉醉其中，真想多抱一会儿……

该死的手机又响了！

我松开许可，掏出了手机，是气象台发来的短信，提醒我傍晚有雷阵雨。

我收起手机，还想再抱抱她。不过，我忽然又想起了另一件事情。

我抬头看了看屋顶，屋顶上的豁口还在，就像一扇关不上的天窗。

许可找来一块塑料布，我搬来了梯子。我爬上梯子，从豁口里探出了脑袋。我刚要铺开塑料布，忽然又惊住了……

我看到了那辆黑色的面包车。原来它一直都在，从来也没有离开过，只不过，它换了个地方，换到了一个更加隐蔽的角落里。

让我吃惊的不是面包车，而是车里的人。我一直以为车里坐着那两个警察，直到现在，直到有人从车里出来，我才发现自己搞错了。

从面包车里出来的，居然是沈默！

第十一章

柴伙落网了！

一个身材高大的警察突然闯进来，大声宣布了这个消息。

郝队噌地站了起来，直奔主题："撂了吗？"

大个子警察很亢奋："撂了，他雇的那俩人也被抓到了。"

郝队和小警察相互看看，又同时扭头，看了我一眼。

我长出了一口气。

柴伙的事情到此为止。我不是什么杀手，再也不用纠结了。

看来我猜得没错，包大胆确实找过柴伙，柴伙也确实雇过两个杀手。也许，连柴伙都以为，高丽丽就是被他们杀死的。他们杀没杀过人我并不清楚，但是，高丽丽确实不是他们杀的，这一点我可以证明。

我忽然又意识到一个问题：我可以替他们做证，但是，谁来为我做证？

一直到现在，我仍然没有摆脱嫌疑。事实证明，我和柴伙没有一毛钱关系，但是，高丽丽的死，仍然和我有着说不清、道不明的关系，我要怎样做才能证明自己？

郝队起身走了，小警察留下，继续陪我待着。

我们各怀心事，都没有说话，都在等郝队回来。

小警察沉默地盯着我，他的表情像极了郝队，尤其是怀疑一切的眼神。

他还怀疑什么？

人们都说，屁股决定脑袋。如果我坐在他的位置上，用他的脑袋思考问题，我会怎样看待这个案子，怎样看待眼前这个叫毛标的嫌疑人？

最后一种可能：毛标和曹克确实是去偷电视的。他们撬门进入样板房之后，发现屋子里居然有人，那个人就是高丽丽，她也确实是来找手机的。狭路相逢，电光石火。为防事情败露，毛标和曹克合力把高丽丽打晕。他们正准备逃跑时，突然看到楼底下正在上演杀人案。出于某种奇怪的心理，他们用手机拍了下来。没想到高丽丽突然醒来，一声尖叫，惊动了楼下的凶手。为求自保，慌乱之中他们扯破了高丽丽的领口，把高丽丽推下楼去，然后夺门而出，跳进了电梯井，躲过了另一拨凶手的追杀……

我在电视上看过警察办案，警察经常把一句话挂在嘴上：排除所有不可能，剩下的就是真相。我还看过柯南探案，柯南也有一句口头禅：

真相，只有一个。

　　这是真相吗？不是。这样的推断合理吗？合理。我能说得清楚吗？不知道。说清楚一件事情容易吗？不容易……

　　如果说清楚一件事情很容易，"老人倒地，扶不扶"就不会成为一个社会问题。

　　我自己就遇到过许多说不清楚的事情，随随便便，我就能举几个例子。

　　先说一瓶没有喝过的可乐。

　　有一次，我在送货时突然感到口渴，看到路边有个超市，于是我走了进去。货架旁边有个男人，手上拿着一大瓶可乐。我一出现，他放下可乐，转身走了。我拿起可乐，才发现他喝了半瓶。我想，这人真没素质，居然在超市里偷水喝。不早也不晚，售货员突然出现了，盯着我手里的半瓶可乐……我能说清楚吗？我说不清楚，只好乖乖结账。

　　再说一碗没有吃过的拉面。

　　有一次，我在餐馆里吃拉面，一个男人走过来，坐在我对面，共用一张桌子。这不奇怪，餐馆里人多，经常有陌生人一起拼桌。他一边吃面，一边跟我搭讪。他问我是哪儿的人，我告诉他了，他说他跟我是老乡。没想到吃个面还能遇到老乡，我感到很亲切，差点两眼泪汪汪。我们东拉西扯地聊了一会儿，然后他就走了。服务员来找我结账，非让我把那个老乡的账也结了，非说我跟他是朋友……我能说清楚吗？我也说不清楚，只好乖乖买单。其实，一碗拉面也没几个钱，关键是，那个该死的吃货居然还打包带走了五盘牛肉。

最后来说说一个没有摸过的屁股。

有一次，我坐地铁去找袁丹，地铁里人很多，我感觉有点儿上火，流了鼻血，于是我低头找纸巾。低头瞬间，一个男人从我身旁走过，我身旁还有一个女孩。他顺手摸了一把女孩的屁股，若无其事，扬长而去。女孩一转身，就看见了我，而我脸上还流着鼻血……结果可想而知。我还得感谢她，她只是打了我一巴掌，没把我扭送派出所。如果进了派出所，我能说清楚吗？我还是说不清楚。

一瓶可乐、一碗拉面、一个屁股，都不算什么，大不了掏点钱，挨一巴掌。现在我面临的问题是，一个没有杀过的女人！后果是什么，还用我说吗？

我经常照镜子。我觉得，镜子里的那个人，长得就像是一个冤大头。

小警察也许不这么看，他仍然盯着我，眼里分明还有敌意。他眼里的敌意，让我更加纠结、更加紧张。

在等待郝队回来的这段时间里，我又变成了借斧子的老李，心里七上八下，恨不能找一面墙来挠挠，或者找一扇门来狠狠踹上一脚。

门开了，郝队回来了。

故事继续，从沈默意外出现说起。

当我从许可家屋顶上看到沈默的时候，我整个人都被吓住了。看来我没猜错，凶手果然就在许可周围！

沈默走到一个角落里，对着一堵残墙，掏出家伙就开始尿。他的尿量真大，尿了半天，没完没了……直到小刀从面包车窗户里探出脑袋，冲他喊了句什么，他才收住，提上裤子，慌慌张张地往回跑。

沈默钻进了面包车里，车门还没有关好，面包车就轰地蹿了出去。

我的直觉告诉我，一定有特别紧急的事情发生，不然，他们不会这样匆忙。来不及细想，我跳下梯子，冲许可喊了一声："快走！"

许可莫名其妙："怎么了？"

顾不上解释，我拉着许可出了门，钻进了她的小车里。

小车开动，穿过废墟，追上了面包车。

许可开着车，惊疑地看看我："他们一直在监视我？"

我说："对。"

许可不明白："他们到底是什么人？"

我不能说认识凶手，只能说："不是警察，就是凶手！"

许可吃了一惊："凶手？"

面包车突然减速，停在一个路口。许可也刹住车，我们坐在车里遥遥观望。如果我没猜错的话，凶手该出场了。

果然，周正出现了！

周正站在路口，显然等候已久。面包车接上他，继续行驶。

许可开动小车，继续尾随。

面包车开到一家银行门口，车没停稳，周正已经跳出车厢，大步跑上台阶。紧随其后，三个马仔下了车，跑进了银行。

我们把小车停在马路对面，继续观望。

许可很不安，不时地看我一眼。我也很紧张，心跳加速。

终于，周正从银行里出来了，三个马仔前引后随。小刀手上提着一个袋子，袋子很大，也很沉，他提着费劲。我能猜到袋子里装的都是钞票。我也能猜到，他们不需要预约，就能从银行里提走一大笔现金。

到处都有人排队，看病要排队，买火车票要排队，取钱也要排队……但是，在那些长长的队伍里，你见过几个土豪？

隔着车窗，隔着一条马路，许可悄悄用手机拍下了他们的照片，扭头问我："他们要干什么？"

我想都没想，直接回答："做生意！"

许可眨着眼睛，充满疑惑："做什么生意？"

我干脆点破："除了你，还有谁愿意花钱收买证据？"

许可瞪大眼睛，脱口而出："凶手！"

凶手出发了。

面包车开动起来，载着他们全速前进，风驰电掣。

事后回想，我们当时应该打电话报警，但是，我和许可都没有这样做。

许可不报警，自然有她的原因。事发突然，她没有任何思想准备。可以说，她当时就蒙了，完全没有主意。她只是信任我，一切都听我安排、听我指挥。

　　我不报警，也有我的理由。我还不能确定他们到底要干什么，我只是怀疑，却没有任何证据，报警只怕会打草惊蛇。周正是个生意人，生意人取一大笔钱，很正常，也很合理。至于监视许可，他们就更容易解释了。许可家是拆迁区域，开发商派几个人到现场看看，有什么问题？

　　说了这么多，你大概对我有一点儿了解。我这人最大的毛病，就是想得太多。我想来想去，决定先跟着他们，见机行事，万一有什么情况，到时候再说。

　　就这样，我们一路尾随着面包车来到了郊区。也许是许可的小车太不起眼，也许是他们只顾眼前不顾身后，我们一路跟来，居然没有暴露自己。

　　夕阳西斜，天伦山遥遥在望。继续向前，就是我曾经战斗过的影视基地。

　　他们来影视基地干什么，难道要拍戏？我知道周正和他的马仔们演技很好，他们都是影帝，但是，我认为他们来这个地方，一定另有目的。

　　我们跟着面包车，穿过影视城，开往边缘地带。

　　天色越来越暗，公路前方越来越荒凉。

　　面包车开到一个岔口，尾灯闪烁，靠边停车。眼看要暴露，许可连忙打舵，把小车拐进路边的小树林里，关了马达，悄悄观望。

　　周正手提钱袋，独自下车。面包车又开动起来，载着几个马仔，继续向前，最后消失在转弯处。周正警惕地站在路边，四处张望，然后走上了那条岔路。

我们也下了车，穿过小树林，小心翼翼地跟了上去。

残阳如血。荒凉的前方是一片芦苇荡。风吹芦苇，摇摆如浪。

周正的身影在芦苇丛中若隐若现。我们保持距离，继续跟进。

穿过芦苇荡，眼前豁然开朗。这是一片"古建遗址"，仿古仿得特别逼真。开阔的土地上，一组组残垣断壁，一座座人兽石像，一棵棵斑驳老树。一阵阴风刮来，树叶沙沙作响……

我来过这个地方。听说有个剧组在这里拍戏时发生了火灾，死了好几个人，后来再也没有剧组光临，也没有游人涉足，长年闲置，变成了荒地。

周正想干什么？考察地皮，搞开发吗？

我不相信。他神神秘秘的样子让我更加怀疑，我几乎可以确定，有一个人，就在不远处的那座巍峨的山神庙里等他。如果我没猜错的话，那人应该是个瘦子，脖子上露出刺青，拿着我的手机，只等周正露面，一手交钱，一手交货。

果然，周正绕过一片湿地，停留片刻，左顾右盼，走进了山神庙。

我们轻手轻脚地走过去，紧挨着窗户，偷窥寺庙里的情形。

寺庙破败，四壁焦黑，蛛网纵横。众神环立，一个个身形魁梧，威风凛凛。众神怒目之下，周正被镇在大殿中央，像个小丑。

天空中忽然一声霹雷，我们都吓了一跳，周正更是浑身一震，脸色煞白。

雷声过后，暴雨降临，穿过千疮百孔的房顶，洒下雨丝无数。

寺庙里忽然一阵响动，很轻微，也很短促，很快又归于平静。

周正绷着神经，夯着胆子，慢慢地向前移动了两步。

大殿内忽然传来一个男人的声音："你的人呢？"

声音很低沉，也很空洞，方向难辨，似远似近，在大殿内阵阵回响。

周正紧张地向四周看看，却只闻其声，不见其人。他强作镇定，出声回应："照你的吩咐，我一个人来的。"

低沉的声音继续传来："钱呢？"

虽然那人故意压着嗓子，我却觉得他的声音似曾相识，一下子想不起来。

周正双手举起钱袋："一百万，都在这儿！"

"砰"的一声，一个人影从周正身后高高的神坛上跳了下来，脚底下尘土飞扬。周正悚然转身，两人五步之遥。

那人一身黑衣，蒙着头套，不露真颜。但是，光看身材，我也能把他认出来，更何况，他的声音我那么熟悉……

他是曹克！

我惊呆了。

他怎么会是曹克呢？但他就是曹克。他化成灰，我也能认出他是曹克！

曹克仍然压着嗓子："把钱扔过来！"

周正无动于衷："我要的东西呢？"

曹克掏出手机，一阵摆弄，大嘴猴在他的指缝间若隐若现。

其实不用细看，我也知道，那是我的手机！

曹克把手机里的视频打开了。我看不见视频，但是，我能看到周正的反应，他像疯了一样，大步上前，企图抢夺手机。

曹克把手机收进裤兜，掏出刀子："钱扔过来，我清点完了，手机归你。"

周正无奈止步，抓起钱袋，抛向曹克。

钱袋落在曹克脚下，"砰"的一声，尘埃泛起，久久不散。

我惊得目瞪口呆，身体好像被定住一样，一时竟没有做出任何反应。

许可忽然拉了我一把，轻声呼唤："毛标！"

我像大梦初醒一样，扭头看看许可。许可却不看我，眼睛盯着另一个方向。我顺势一看，又被吓了一跳……

几个马仔出现在远处。他们拨开芦苇，迈开大步，向山神庙跑来。

许可万分紧张："怎么办？"

我说："快，打电话报警！"

报警显然已经来不及了。曹克也许在劫难逃。我实在是不想救这个王八蛋，但是，我又不得不救他。周正已经杀了许本昌，我不能眼睁睁地看着他再杀曹克。

我从地上拾起半块砖头，许可拨通了电话……

手机铃声响起，声波微弱，却穿透了雨幕，冲击着我们的耳膜。

我们同时扭头，向手机铃声的方向望去……

两个警察出现了。他们来得太快了！但是，他们为什么跟几个马仔在一起？我们远远地看到，姓廖的掏出手机，冲沈默说了句什么，然后接起了电话。

与此同时，许可的手机里传来了他的声音："喂！"

许可立刻挂了电话。她抓着手机，呆若木鸡。

他们继续跑，距离我们越来越近。我连忙拉着许可，绕到大殿后门，躲了起来。

后门紧闭。我们透过门缝，继续观望大殿里的情况。

曹克显然没有听到外面的动静。死到临头了，他居然还在数钱，一捆一捆，不紧不慢，不时警惕地看一眼周正。周正不慌不忙，相隔五步，看着他点钞。

来不及细想，我一扬手，扔出了砖头。砖头穿过雨幕，飞向屋顶……

"砰"的一声，砖头击穿屋顶，瓦片落地，哗啦啦一阵乱响。

曹克惊住了。周正也惊住了。大殿里的空气仿佛凝固了。

曹克瞬间反应，抓起钱袋，夺路而逃。周正几步追上，把他扑倒。撕扯中，曹克一脚把周正踹开，继续奔逃。他慌不择路，居然跑向了大殿正门。

随着一声巨响，大殿正门忽然被大力撞开，三个马仔和两个警察冲了进来，手拿铁棍和尖刀，一字排开，堵住了曹克的去路。

曹克仓皇转身，拔腿逃向后门。周正起身拦截，却被曹克撞开，再次跌倒。沈默扶起周正，小刀等人继续追赶。最接近的那一刻，小刀揪住了曹克的衣领，曹克弯腰，被小刀扒去外衣，露出里面的 T 恤：有钱，任性！

合围之下，曹克已成瓮中之鳖。他突然从裤兜里抓出一把石灰，迎面一撒，马仔们和警察们猝不及防，瞬间迷眼，晕头转向……

我们看得心惊肉跳，居然忘了逃跑。直到曹克骑上摩托车，径直冲向后门，我才醒悟过来，连忙拉着许可，躲到一旁。

"砰"的一声，后门被撞开了。摩托车轰鸣而出，载着曹克，从我们眼前闪过。虽然只是短短的一个瞬间，在我的记忆里却很清晰，感觉就像是电影里的慢动作。我呆呆地看着曹克，曹克也扭头看了我一眼，惊慌的目光从头套的眼洞里射出，在我的脸上停留了半秒，愕然远去。

小刀和大庄追了出来，然后是两个警察，最后是周正和沈默……

曹克遥不可及，他们徒劳地追了几步，停下来，眼睁睁看着曹克背着钱袋，背着那一百万钞票，遁入雨幕，逃之夭夭。

他们喘息片刻，几乎同时转身，把凶狠的目光扫向我和许可。我浑身一颤，我知道，曹克脱险了，而我和许可也该逃命了。

我拉着许可，撒腿就跑。

大雨倾盆。我们浑身湿透，深一脚浅一脚，亡命奔逃。

追兵在后。我们只顾狂奔，不敢回头，一刻也不敢停留。

不知道跑了多久，终于，许可跑不动了，步伐渐缓，呼吸困难。我拉着她，躲在一座石像后面，蹲在地上，屏气凝神。

追兵的脚步声越来越近，越来越近，一步之遥。许可缩成一团，瑟瑟发抖。我也紧张万分，几乎要窒息。我紧紧抓住许可的手，把她搂在怀里，纹丝不动。

幸运的是，我们没有被发现。他们在石像一侧停留了几秒，又匆匆跑开了，脚步声远去。我们松了口气，同时扭头看对方。我们的脸贴得太近，一扭头，两张嘴唇正面相碰，只是一瞬，立刻分开，谁也来不及尴尬。

我们的手仍然抓在一起，十指相扣。我想要松开，许可却不肯放手。

我说："你手劲真大！"

她说："从小练的。"

我们站了起来，继续在暴雨中狂奔。

我们穿过了开阔地，穿过了芦苇荡，穿过了小树林，回到了小车上。

许可开动小车，小车轰鸣着钻出树林，冲上公路。

雨中的公路上空旷无人，小车开足马力，向前飞驰。

天黑了。雨还在下，越下越大。

雨丝稠密，视线不清。许可点亮车灯，打开雨刷。雨刷左右摇摆，吧嗒作响，一下一下，匀速，稳定，就像我刚刚平复的心跳。

我看了看后视镜，心跳突然又开始加速。那辆面包车不知从哪儿冒

　　了出来，鬼怪一样，紧紧地咬在我们身后。

　　许可猛踩油门，小车剧烈抖动，几乎飞了起来。

　　面包车更加疯狂，高速向我们逼近，如影随形。

　　我只在电影里看过激烈的追车场面，即使是在银幕前，我都感觉无法呼吸，更何况坐在车上，身临其境。我紧紧握住车门上的抓手，感觉心脏要跳出胸口，感觉魂魄要离开身体，感觉喉咙被死神扼住……自从安达家园电梯井逃生以来，我又一次经历了生死时速，又一次距离死亡这么近。

　　许可显然没有经历过这种场面，她只是本能地把油门踩到底，本能地打舵。我们拐过了几个弯道，穿过了几个岔口，却始终甩不掉身后的追兵。

　　路面湿滑，险象环生，幸好许可反应敏捷，才不至于车毁人亡。

　　面包车一度追上了我们，出现在车窗一侧。几个马仔凶狠的面孔近在咫尺。周正面含微笑，笑容里分明戾气张扬。两个警察躲在暗处，看不见他们的表情。面包车猛拐过来，企图把我们逼下公路，许可灵巧打舵，躲过一劫。

　　终于，小车开进了城区。

　　终于，面包车减缓了速度。

　　终于，我们甩掉了追兵，脱离了险境。

　　感谢城市的灯火，有光的地方，邪恶敬而远之。

　　感谢无处不在的探头，"天网"法力无边，歹徒望而却步。

感谢许可，感谢她的机敏，感谢她的小车，挽救了我的这条小命。

许可踩下刹车，把小车停在路边。我们先向窗外看看，面包车不见了踪影，我们又相互看看，长出了一口气。

我忽然发现，许可浑身瘫软，面露病容，她怎么了？

我摸了摸她的额头，感觉烫手。

她又发烧了！

我不会开车，只好拦了一辆出租车，把许可送往医院。

医生说，许可并无大碍，只是淋了雨，又受了惊吓，吃点儿药，再好好睡一觉，应该问题不大。许可不愿意留院观察，她想回家，我也拗不过她。

许可家就要到了。我远远地望着夜幕下的那片废墟，忽然感觉到一阵杀气。我仿佛看到，废墟里埋伏着几个人影，黑暗中，一把把尖刀闪着寒光……

我不寒而栗，连忙叫出租车司机掉头。

我们回到了出租屋楼下。我搀着许可上楼，刚进楼道，一抬头，被吓了一跳。楼道里有个人影，站在黑暗中，一动不动。

我下意识地跺了跺脚，感应灯亮了，照出了那个人影……

袁丹！

袁丹显然在楼道里等了一会儿，怀里抱着我当初送给她的玩具熊。

我松了一口气。袁丹却很震惊，也很生气。袁丹一生气，面孔就有点儿扭曲。她凌厉的目光从我脸上划过，在许可的脸上定住。

许可还在发烧，她脸上的红晕，在袁丹眼里，也许是暧昧的证据。

袁丹控制了情绪，却控制不住声音的颤抖，她说："毛标，你是早有小三，还是为了气我，现找了一个？你也够拼的！"

我冷冷地看着她："你来干什么？"

我原来还以为，再见到袁丹时我会心潮起伏，没想到我居然这么冷静。

我的冷静刺激到了袁丹，她一声冷笑："我来干什么？我不应该来，对吗？我本来还怕你难受,想和你好好谈谈,现在看来,我真是多余……"

许可说话了，她昏昏沉沉地看着袁丹，不知所措："你别误会……"

袁丹发作了，她恶狠狠地瞪着许可，发作起来像个泼妇："我跟你说话了吗？我不想跟你说话，你有什么资格跟我说话……"

我也发作了，冲着袁丹咆哮："我也不想跟你说话，你也没资格跟我说话！"

袁丹傻了，她瞪着眼睛，接不上话。

邻居被惊醒了，从门缝里探出了脑袋："哎哎哎，干什么你们？吵什么吵，还让不让人睡觉！"

我一声怒吼："滚！"

原来邻居也是个尿包,我这么一吼,他立刻缩回脑袋,再也没出声了。

许可挣开我的怀抱，她说："你跟她解释一下吧，我去找个旅馆。

你放心，我不回家住。"

许可转身要走，我一把拉住她："你不能走！"

袁丹气急败坏："对，你不能走！我走，我不妨碍你们了，我走！"

袁丹拔腿就走。我冷眼看着，没有任何表示。

袁丹走了两步，忽又回头："毛标，咱们以后别再见面了，谁也不欠谁！"

我不说话，仍然无动于衷。

袁丹走到楼梯口，忽又止步，拼尽全力，把她手里的玩具熊向我扔了过来："你的东西，还给你！"

袁丹下楼了，脚步声急促，渐行渐远。

玩具熊躺在地上，灰头土脸，像只被遗弃的宠物。我也懒得去捡。

楼道里安静下来，我敢确定，每一扇紧闭的房门背后，都竖着几只耳朵。

太狗血了！我暗暗苦笑。

我搂着许可，正要开门进屋，许可忽然又挣开我，拾起了玩具熊。

我心里一动。被袁丹遗弃的这只小熊，在许可眼里却像个宝贝，她看着它，就像看着一个婴儿，小心翼翼地掸去它身上的尘土。

我们进屋了。

许可先去洗澡。出租屋里虽然简陋，澡还是能洗的。逃出影视基地的时候，我们被雨水淋透了，飙车的时候，衣服又干了，现在才感觉到浑身难受。

　　许可洗澡的时候，我给曹克打了个电话。不出所料，他关机了。

　　我收起手机，走进了曹克的小屋。

　　曹克搬走了。也许，他再也不会回来了。他说过，他早就受够了这间破屋子。在他眼里，这根本不是人住的地方。现在他有了一百万，想住哪儿就住哪儿。哪儿才是人住的地方？我想来想去，想不出答案。

　　小屋里已经被搬空了。除了小床上又脏又旧的被褥以外，连衣柜里都被搬空了，只剩下满地的垃圾。一面墙上还挂着几张电影海报，那是曹克最喜欢的女明星。她穿得很少，搔首弄姿，猩红的嘴唇张开，好像在嘲笑我一样。

　　让我百思不解的是，曹克明明把手机还给我了，为什么又回到了他手里？

　　我看看小屋门口，心里忽然一动，眼前立刻浮现出一个画面：

　　曹克背对着我，张开双臂，紧紧地拥抱了另一个我。另一个我也张开双臂，紧紧地拥抱了曹克，却完全没有意识到，他的两根手指，悄悄伸进了我的裤兜。他把手抽出来的时候，神不知鬼不觉，掌中多了一部手机。他说了一句保重，另一个我也说了声保重。然后，那个我像个傻瓜一样走出门去，曹克转过身来，面冲现在的我，暗暗发笑……

　　幻觉消失，我如梦初醒。

　　我又想起了曹克陪着我四处找手机的经历。曹克这个王八蛋，也是个影帝。在他面前，我就是个跑龙套的。跑龙套都不及格，我真想抽自己一嘴巴。

许可洗完澡出来了，出水芙蓉一样。她身上穿着我的衣服，衣服又肥又大，不过没给她减分，反而显得她娇小玲珑，更惹人疼爱。

她脸色苍白，有气无力，却要自己洗衣服，我连忙拦住她。她坚持了一下，没坚持住。我夺过衣服，把她扶进了我的小屋。

我喂她吃药，扶她躺下，盖好毛毯，关上灯。看着她闭上眼睛，沉沉睡去，我才轻手轻脚地走出小屋，开始洗衣服。

洗衣机是有的，不过早就坏了，一直也没修，只能用手洗。我不爱洗衣服，我觉得洗衣做饭都是女人干的事情。现在我却在帮一个女孩洗衣服，奇怪的是，我不但心甘情愿，还有一种莫名其妙的幸福感。

我给自己洗衣服，一般都是随便揉几下就完事，就像应付别人的差事一样。但是，给许可洗衣服，我却格外认真仔细，生怕洗不干净。虽然我笨手笨脚的，不过我有力气。我用力搓，结果不小心把她的衣服领口搓破了。

我真恨我自己。我爸说得对，我就是个没用的东西。

我忽然又想起了高丽丽。高丽丽跟洗衣服当然没什么关系。我想起高丽丽，是因为我搓破了许可的领口，高丽丽的领口也是被我扯破的，然后才摔下楼去。我不知道我能不能说清楚，我说我当时是想救高丽丽的，我说我当时的动作是拉，如果警察认为我当时的动作是推，是我亲手把高丽丽推下楼去的，我怎么解释，警察会不会相信？

我又想起了那两个警察。他们是警察，警察的任务是保护好人，打击坏人，万万没想到，他们居然跟坏人站在一起，居然帮着凶手……

郝队突然又按了暂停键。他向我出示了两张照片。

他说："你说的那两个警察，是不是这两个人？"

我看看照片，坚定地点头："就是他们。"

不用细看，我一眼就能认出来，照片上的两个男人，一个姓冯，一个姓廖。姓冯的高，脸庞很宽，大饼脸。姓廖的矮，下巴很尖，头发花白。

郝队说："假的，他们不是警察！"

假警察？

我吃了一惊。

我说："他们都穿着警服……"

郝队说："警服是假的，他们出示过证件吗？"

证件？让我想想。

我第一次跟他们见面，是在许可家里，我去当"卧底"的时候。我印象中，他们只说是天伦山分局刑警队的，好像没有出示过证件。就算他们出示过证件，我哪知道证件真的假的，现在办假证的太多了。

郝队说："八年前的朔北假警案，你听说过没有？"

我摇了摇头："没有。"

八年前，我还在乡下读初中，懵懵懂懂，以为前途一片光明。

郝队说："他们冒充警察，四处敲诈，后来被判了刑，去年刚出的狱！"

我明白了。

假警察都能派上用场，作为凶手，周正也是够拼的，无所不用其极。

我知道郝队为什么要解释那两个假警察的事情，因为这关系到警察的尊严。和送快递的一样，警察也需要尊严。

不管怎么说，我当时并不知道他们是假警察，我只是觉得既委屈又恐惧。连警察都帮着凶手，我怎么敢报警？我一点儿主意也没有，不知道下一步该怎么办。我知道我应该去找曹克。但是，曹克无影无踪，上哪儿找他？凶手肯定也在找他，凶手要钱有钱，要人有人，还有警察帮忙。我无依无靠，凭什么跟他们叫板？

衣服洗好了，我晾上衣服，进屋去看了看许可。

许可睡着了，安静得像一只小猫。

我把椅子搬过来，坐在小床边，看着许可，心里头翻江倒海。

我真的累了，也困了。我胡思乱想了一会儿，脑袋就木了，没有任何感觉，迷迷糊糊的，坐着就睡着了。

忽然，我隐隐约约听到了许可的哭声，开始我还以为是梦里的幻听，一睁眼才发现许可真的哭了。

许可闭着眼睛，脸上泪痕清晰，她极力克制，却止不住抽泣。

我凑到她面前，轻声呼唤："你怎么了，很难受是吗？"

许可睁开眼睛，声音哽咽："我梦见我爸了。"

她泣不成声，泪水决堤。

看着她伤心欲绝的样子，我心里难受到了极点。

终于，我心里的最后一道防线，被她的眼泪冲垮了。

我也哭了。我流着泪说："许可，你听我说，好吗？"

她继续哭。我看着她，在沉默中等待着。

许可终于不哭了，渐渐平静，抬起眼睛看我。

我点亮了台灯，让灯光照着我的脸。我决定正视现实，坦白一切。

我不知道，坦白会带来什么样的后果，我只是觉得，我必须坦白。

我把所有的一切都告诉她了。从我第一次去安达家园说起，说到那台电视，说到她爸爸的死，说到我的手机……所有的事情，所有的细节，我能想起来的，我全都告诉她了，毫无保留。

我说完了，如释重负。许可惊呆了，一言不发。

我以为许可会骂我，骂我是个骗子，甚至动手打我。我宁愿她骂我、打我，那样我也许会好受一些。但是，她没有，她只是看着我，就像看着一个陌生人。然后她继续哭，她始终在压抑自己的哭声，把悲伤压抑在自己的胸口。

我低着头，羞愧极了。我不敢看她，也不敢说话。

不知道过了多久，许可突然不哭了，她擦了擦眼泪，目不转睛地看着我。

她说："我冷！"

我转身去给她找棉被。棉被在衣柜里，我刚刚走到衣柜前，还没拉开柜门，就听到许可在我身后，轻轻地说了一句话。

她说："你抱抱我，好吗？"

"哗"的一下，我的眼泪又流下来了。

我知道，许可用这样的方式，表示了她对我的宽恕。

我觉得我不可宽恕。我都不能原谅自己，她居然能宽恕我。

当我感觉到自己被宽恕的时候，我心里不是欣喜，反而有些伤感。

我拥抱了许可，紧紧地拥抱了她。许可也紧紧地拥抱了我。我们彼此拥抱，相互取暖。我能给她的，是身体的热量，她带给我的，却是精神的力量。

我们紧紧拥抱在一起，谁也不愿意松开……

我们相互拥抱，慢慢地睡着了。当我们松开彼此的时候，天已经微微亮了。

天亮的时候，我做出了一个决定。

我决定，从此以后，不再纠结于任何事情，只管大步向前，哪怕万丈深渊，哪怕粉身碎骨，我也要坚定地迈出那一步。

我发誓要找到曹克，拿回手机，夺回证据！

我想，这是我报答许可的方式，这是最好的方式，也是唯一的方式。

第十二章

时间到了。

当那只熟悉的大嘴猴出现在我面前，当技术人员自信满满地冲着郝队微笑，当小警察再一次把我的手机连上电视……我知道，时间到了。

时间是什么？

对于像我这样的人来说，时间就是一切。我没有钱，没有文化，没有本事，甚至没有尊严，我拥有的，只有时间。只有在时间面前，我和别人才是平等的。

此刻，小警察抓着我的手机，仿佛在操纵时间机器。

他按下了播放键。我又一次穿越，回到了那个惊心动魄的夜晚。

这一次，时间被拉长了。

瓢泼大雨中，马仔们围住许本昌，拳打脚踢，周正一记重拳，击向许本昌，许本昌起身，扑倒周正，周正抢起钢筋，击倒许本昌，马仔们正要抬起许本昌，周正厉声喝止，周正抬起头来，四处张望……

镜头突然一晃，画面一片漆黑。我仿佛看到曹克拉着我，蹲在窗户下面。

黑暗中，能听到我和曹克说话的声音——

我的声音："他看见咱们了吗？"

曹克的声音："不知道。"

"咱们怎么办？"

"不知道。"

"咱们要不要跑？"

"不知道。"

长时间的沉默，夹杂着轻微的喘息声，那是一个令人窒息的时刻。

一阵细碎的脚步声。在我的记忆里，曹克这时正走向门口，察看动静。

一阵急促的脚步声。记忆里，小刀和大庄这时冲上了楼道，来势汹汹。

又一阵细碎的脚步声。记忆里，曹克这时正离开房门，向窗口走来。

画面里忽然有了一点儿光亮，镜头朝上，照出了曹克的身影，他爬上了窗户。正是在这个时候，他把我的手机落在了窗台上。

曹克正要钻出窗户，忽然停止动作，又跳下窗台，身影从镜头里消失了。

镜头里忽然映出了我的脸庞，然后，我的一只手伸过去，抓起手机……

画面晃动，影像不清。当镜头定住时，闪现出一个人影，是高丽丽！

她站在窗户外面，惊叫一声，嘴张得很大，张开的双手在镜头前挥舞了一下，细长的指尖从镜头前划过，紧接着，她的身体失去平衡，重心向后，仰翻过去。镜头里出现了我的一只手，五指张开，抓住她的领口，领口绷开，一颗纽扣弹出。高丽丽腾空下坠的同时，手机镜头突然前冲，疾速冲向窗口，画面天旋地转，最终归于黑暗……

画面到此为止，视频播放完毕。

曹克说过，剪辑视频是为了避免麻烦，他不会想到，被剪掉的这一段视频，不但没有出卖我，反而保护了我。

郝队和小警察的表情都有了微妙的变化，具体的变化我描述不出来，总之，他们的眼神让我有了安全感。

我想，这段视频说明了一切。我没有杀高丽丽，我确实是想救她，只不过，一切发生得太突然。我努力过，却没有成功。

好了，高丽丽的事情已经说清楚了，接下来，继续讲我的故事。

故事已经接近尾声，只剩下最后一件事情：找到曹克，拿回手机。

曹克是谁？

我忽然发现，在我的记忆里，曹克的形象越来越模糊。

我和曹克只是室友，不算朋友。我们同在一个屋檐下，却不在一个频道上。我和他同居两年，但是，对于我来说，他和路人甲的区别并不大。

他是个搬家工人。

他曾经是个锁匠。

他是个生意人，任何东西都可以拿来交换。

他是个口腔运动员，他总是有很多道理，他讲起道理来，唾沫横飞。

他是个小偷，他偷走了我的手机，拿去跟周正做生意。

我已经搅黄了他和周正的生意，现在，我必须找到他，拿回手机。

我说过，这是我报答许可的唯一方式。

但是，我应该去哪儿找他呢？

我和他的朋友圈没有任何交集。我们共同认识的人，除了房东和袁丹以外，再没有别人。可以说，曹克的狐朋狗友，我一个也不认识。

我想，我应该去他的工作单位找他，但是，我只知道他的单位是搬家公司，公司名字叫什么，具体地址在哪儿，我一概不知。他没有提起，我也从来不问。也许他提起过，但是我完全没有印象。

六神无主时，我又走进了他的小屋，希望能在他剩下的杂物里找到线索。

我几乎翻遍了每一个角落，在垃圾堆里寻宝。垃圾堆里什么都有，啤酒瓶、发了霉的火腿肠、半袋方便面、用过的纸巾、几张名片、几支针管……

针管？

我没有时间细想，继续在垃圾堆里乱翻。

　　我终于找到了线索。那是一沓小广告，正面印了搬家公司名称和联系方式，背面是不干胶。我在许多小区的楼道里见过类似的小广告，搬家的、修空调的、开锁的、擦油烟机的、通下水道的……五花八门，密密麻麻。

　　我按照小广告上的联系方式拨了电话，电话拨通了，但是一直没有人接听。我看看手机，才发现时间还早，我想，也许要等到上班时间。

　　许可起床了。她的烧已经退了，看上去仍然非常虚弱。我让她在家等消息，但是，她坚持要和我一起去找曹克。和她爸爸一样，她的身体里有执拗的基因。她想好了要做的事情，我根本拦不住。

　　许可的小车停在医院附近，我们先去取车，然后直奔搬家公司。

　　找到那个搬家公司并不难，只需要在手机导航软件里输入它的名字，然后，跟着手机导航走就可以了。手机有时候是个妖精，有时候又是个神仙，它神通广大，无所不能。

　　我们找到了搬家公司的经理，经理是个中年女人，我们刚提到曹克的名字，她立刻紧张起来，既谨慎又警惕。

　　她说："曹克……偷你们东西了？"

　　她怎么知道的？

　　我还在纳闷，许可已经做出反应："对！"

　　经理说："曹克早就被开除了，他干了什么，跟我们公司没有任何关系！"

我说："为什么呀，为什么开除他？"

经理说："我们发现他吸毒，还偷东西，听说他以前被公安局处理过。"

我恍然大悟。我想起曹克屋里的那几支针管，我知道它们是干什么用的了。我还想起曹克那个上了锁的柜子，我能猜到柜子里都有什么。我现在用的手机，也许就是一件赃物。我也知道，曹克为什么会有好几个手机号码了。

经理说："刚才还有两个警察来找他呢。"

我吃了一惊："哪儿的警察？"

经理说："天伦山分局的。"

我看看许可，许可和我一样吃惊。

曹克和周正交易时始终蒙着头套，他也不可能自报家门，他怎么会暴露自己呢？我百思不解。

不管怎样，我们又遇到对手了。问题只在于，我们和周正，谁先找到曹克。

这仍然是个时间问题。我知道，我们的时间不多了，而且，我们毫无头绪。曹克已经被开除，搬家公司经理当然不知道他的下落。曹克入职时登记的住址，就是我们的出租屋地址。但是，曹克已经搬走，他永远也不会回来了。

我承认我确实很笨，但是，即使像我这样的笨蛋，也会有脑洞大开的时候。我忽然又想起了曹克的小屋，想起了垃圾堆里的那几张名片。在我模糊的印象中，其中好像有一张房屋中介的名片。曹克搬走了，但是，他仍然需要一个住处。

我仿佛听到自己的脑袋里传来"叮"的一声。

这是最后一线希望。我拉着许可，十万火急地回到了出租屋。

奇怪的是，那张名片刚才还在，现在却不见了。仔细看看，好像有人来过，因为垃圾堆里那半袋方便面刚才还是块状的，现在却被人踩成了碎渣。

房东？应该不是她，不到收租的时候，她一般不会出现。

我敲开了邻居的房门。邻居虽然对我昨晚的表现不满，但他还是告诉我了。他说，他买完早点回家的时候，看到几个男人正在鼓捣我们的门锁。

我说："他们是什么人？"

他说："我以为是小偷，他们说是警察，你们到底犯什么事了……"

又是警察？

我眼前一黑。接下来邻居说了什么，我就听不见了。

他们为什么总是比我们抢先一步？

他们比我们先到搬家公司，当然会向经理问起曹克的住址。我怎么那么笨呢？我早就应该想到的。

我突然又想抽自己嘴巴了。

许可说："你别着急，再想想看，还有没有别的办法。"

还能有什么办法？

我看着许可，忽然又开了一个脑洞，脑子里闪回了一个场景：

曹克掏出一张小广告："你看这个怎么样，高级公寓……"我接过小广告，看都不看，一把揉了，扔进垃圾篓……

我醒悟过来，扑向垃圾篓。但是，垃圾篓里已经空了，什么都没有。

许可莫名其妙地看着我："怎么了？"

顾不上解释，我拉着许可出门，匆匆忙忙地跑下楼去。

楼底下有个大垃圾桶，我抱怨过它的臭气熏天，也抱怨过环卫工人的懒惰。现在，我宁愿环卫工人还是那么懒惰，我希望那张小广告还在垃圾桶里。

我们把垃圾桶推倒，在散落一地的垃圾里一通乱翻。路人奇怪地看着我们，怎么看，许可也不像是一个捡垃圾的。

幸运的是，那张小广告居然还在。虽然它看起来很脏，也很皱，在我眼里，它却分明是个无价之宝。

我把小广告展开，铺平，五个大字撞入眼帘：

天伦山公寓！

绕来绕去，我们还是绕不开天伦山。

天伦山公寓就在天伦山的后山腰上，远远望去，可以看到高处的登山索道。我们赶到的时候，正是中午，小区里很安静，四处都看不到人影。

这是个高级公寓，有好几栋楼，一看就是有钱人住的地方，门口有保安把守。如果是我一个人过来，也许我连大门都进不去，但是，许可的脸庞就是通行证。见了漂亮女孩，保安腿都软了，别人必须刷卡，她可以刷脸。

小广告把我们带到了目的地，但是，它并没有告诉我们曹克的具体门牌号。许可问了保安，保安也是新来的，不认识什么曹克。

保安说："你们给他打电话吧。"

许可说："好的。"

曹克的电话一直关机，许可只是在敷衍保安。

我们骗过保安，开着车，漫无目的地在小区里转悠。

小区很大，我们转来转去，没有发现曹克，也没有看见那辆可怕的面包车，这让我心里多少有些安慰。不过，时间仍然紧迫，面包车也许正在赶来的路上，这样的想象又让我心里极其不安。

绕过一栋栋高楼，我们透过车窗四处张望。

几乎绝望的时候，我忽然眼前一亮——

高处的一个窗口外面，晾晒着几件衣服，其中一件 T 恤上印着四个大字：

有钱，任性！

曹克有了钱，果然任性。他离开了贫民窟一样的出租屋，住上了高级公寓，还把他的 T 恤挂在窗口，像一面旗帜一样，向全世界炫耀他的任性。

许可把小车开到楼下，熄了火，掏出了手机。

按计划，一旦发现曹克的踪迹，我们就可以报警了。

不过，许可还没来得及拨号，那面"旗帜"就突然掉了下来，连同衣架一起，落在小车的风挡玻璃上。

我们吃了一惊，来不及做出反应，一个人影突然从天而降，"砰"的一声巨响，重重地砸在小车的前罩盖上。前罩盖瞬间被砸得翻卷歪斜，白烟四起。

我被吓了一跳，灵魂出窍。许可也惊骇万分，手机掉在脚下。

我全身僵硬，无法动弹。当我终于感觉到自己能动的时候，连忙推开车门，战战兢兢地跳出车厢，许可也下了车，哆哆嗦嗦地跟在我身后。

没有任何悬念，落在前罩盖上的那个人，就是曹克！

曹克七窍流血，用垂死的目光盯着我们，嘴唇轻微地嚅动。他似乎想说什么，但是，他终于什么也没说，吐出一大口血，再也没有任何动静。

曹克死了！

我惊住了，几乎不敢看他。我慢慢把目光移开，忽然又定住了……

曹克的手里握着一件东西，指缝间，隐约露出了那只大嘴猴。

那是我的手机，我一直在苦苦追寻的手机！

我心惊肉跳地掰开曹克紧攥的手指，拿回了手机。

我抬头仰望，看到周正和他的马仔们从高处的窗口探出了脑袋。

我能想象自己当时的表情，和周正一样震惊。

周正的表情先是震惊，然后是凶狠。他眼里的杀气，就像一把锋利的刀，自上而下，挟着风声，向我劈来……

我浑身一震。

周正为什么又比我们早到一步？

对于我来说，这是一个盲区。在整个故事里，这是我一直没有解开的谜题。不过，在听我讲这个故事之前，郝队应该听到了另一个故事，那是周正的故事，也是沈默等人的故事。

现在，我们把时钟往回拨，先来填补这个盲区。

第一个问题：周正是怎么找到曹克的？

你可能还记得山神庙里的情节。曹克曾经被小刀扒去了外衣，周正的线索，就来自于那件外衣。外衣口袋里有把小钥匙，钥匙上有个小铁牌，铁牌上刻了几个字：通城 07。

拿到这把钥匙，他们一夜没睡，先后找到一个装修公司、一个出租车公司、一个汽车修理铺，甚至还有一个早点铺子……最后，他们找到了一个洗浴中心。他们在洗浴中心里找到了一个储物柜，又从储物柜里找到了被曹克丢弃的工卡，工卡上有曹克的姓名，还有他以前的单位，也就是那个搬家公司。

根据搬家公司经理提供的地址，他们找到了我和曹克的出租屋。在屋子里，他们发现了房产中介的名片，又根据中介提供的地址，最终找到了曹克。

第二个问题：曹克坠楼以前，到底发生了什么？

这一段情节有点儿复杂，颇费口舌。不过，我们可以想象一下当时的画面：

公寓里宽敞明亮，和曹克原来的小破屋相比，简直是天堂。

床头扔着针管，床尾撂着钱袋，一沓沓白花花的钞票，铺满了一床。

曹克躺在床上，枕着钞票，摊开四肢，半梦半醒。他忽然听到有动静，双目微睁，隐隐约约地感觉到床边有个人影，高大魁梧，几乎遮蔽了窗外的阳光。

毒品带来的幻觉瞬间消失，曹克一机灵，睁大眼睛，被吓了一跳。

三个男人站在床头，沈默面含微笑，笑容里却分明戾气张扬。小刀和大庄，一左一右，目光凶狠，杀气腾腾。

曹克挣扎着想逃跑，一把尖刀抵住了他的胸膛，他乖乖地交出了手机。

周正出场了。他打开手机，找到了视频。他看到自己在视频里抡起钢筋，许本昌砰然倒地……

周正关掉视频，将手机收入裤兜，转身面对曹克。

他说："把备份的也交出来吧！"

曹克面色如土，声音发颤："没有，没有备份，放过我吧！"

周正扭头看着三个马仔，嘴里吐出一个字："搜！"

曹克的新家被翻得乱七八糟,马仔们搜出了一个袋子,倒出了里面的东西:十几部手机和若干个钱包……

周正鄙夷地看着曹克:"小偷啊!"

马仔们死死摁住曹克,尖刀逼近他的喉咙。

曹克死到临头,惊恐万分。

周正忽然一声低喝:"不要用刀!"

尖刀收住,只差毫厘。马仔们扭头看着周正,等待指令。

周正说:"高丽丽是怎么死的?"

马仔们感到莫名其妙。

周正又说:"他怎么弄死高丽丽的,就让他也怎么死!"

马仔们仍然不解其意。

周正看了一眼窗口:"一个吸毒人员,一个小偷,被单位开除,生活无望,跳楼自杀,没有人会觉得意外!"

马仔们明白了,合力把曹克拖向窗口。

曹克拼命挣开他们,死死抱住周正的大腿,苦苦哀求:"别杀我!求求你了,手机给你了,钱也都还给你了,求你了……"

马仔们想把曹克拽开,曹克跪在地上,抱住周正的大腿不肯撒手:"放了我吧,我保证出去什么都不说,我什么都不说!"

周正说:"你杀了高丽丽,又来敲诈我……"

曹克说:"我没杀人,我没杀人,我不敢敲诈你,我再也不敢了……"

周正说："你这种人，谁敢信啊！"

曹克求告不成，终于绝望。他忽然松开周正，趁几个马仔不备，撞开他们，夺路而逃。他先逃向房门，房门被两个假警察堵住了，他转身逃向窗台……

从曹克跳上窗台的那一刻起，周正就意识到了什么，他连忙把手伸进裤兜，直到把裤兜里的衬布都掏出来了，也没有找出那部手机。

周正恶狠狠地骂了一句："妈的，贼就是贼，死性不改！"

这就是曹克。他人生中做的最后一件事，就是从周正那里偷回了手机。

曹克死了。

现在，我和许可又该逃命了。

我拉着许可，正要钻进小车，忽然想起小车已经被砸坏，只好徒步奔逃。

四处看不到人，我们连求救的机会都没有，只能看到保安，保安像个傻子一样，木木呆呆，莫名其妙地看着我们。我们喊他报警，他也没有任何反应。

我们跑出了小区。

我们拼命奔跑，不敢回头，看不到追兵，却听得到他们狂乱的脚步声。

我们跑上了公路。

公路上有几辆汽车经过，我们大声呼救，拼命拦车，却没有一辆车停下来。其实，也不能怪车主们冷漠，如果换作是我，看到一男一女在马路上拼命奔跑，后面有几个男人拼命追赶，搞不清状况，我也不会自寻烦恼，多管闲事。

终于有一辆汽车停了下来。

我暗自庆幸。万万没想到，从车厢里跳出来的，居然是周正和两个假警察，他们张牙舞爪地扑了上来，前后堵截。

我拉着许可，跳下路基，拐上一条山路，继续奔逃。

山路湿滑，我们几次跌倒，又几次爬起。没有什么能让我们停下脚步。

沿着那条山路，我们跑上了天伦山。

我们穿过了树林，一堵围墙挡住了去路。我先爬上围墙，把许可拉了上来，又一起跳下围墙，跌跌撞撞，继续逃命。

围墙里面是天伦谷，我们在游乐场里横冲直撞，却始终甩不掉身后的追兵。

游乐场里有人，但是人不多。人们只是惊奇地看着我们，就像在看戏一样。我们大声呼救，他们也没有任何表示。也许有热心人曾想过向我们伸出援手，却被我们身后追兵的气势震慑住了。

许可毕竟虚弱，越跑越慢，追兵的脚步声却越来越近，越来越近……

在他们最接近我们的那一刻，我们逃进了一座建筑物。入口处有两个检票人员，上来就问门票，看到我们身后的追兵来势汹汹，他们连忙闪到一旁。

进了门，有台阶向高处延伸。我们跑上台阶，才发现这是个水上滑梯。

我们从最高处向下俯瞰，只见圆桶状的封闭式滑梯螺旋向下，落差十几米，尽头是一片泳池。情况紧急，我们想都没想，就钻进了滑桶，顺流而下。

滑道曲折，水流湍急，黑暗中只见激光变幻莫测，就像穿越时光隧道一样。眼前忽然一亮，我们飞出滑桶，落入泳池，激起一片水花。在巨大的冲击力之下，我瞬间就晕了，辨不清方向。幸好许可还有方向感，她拉着我，向岸边游去。

我们刚刚爬上岸，来不及喘息，就听到身后传来砰砰的水声。追兵先后落水，继续向我们追来。

我们逃进了更衣室，在一排排更衣柜之间的甬道里穿行。追兵并没有跟来，似乎没有发现我们的踪迹。

我们都松了口气，我掏出了手机，正要报警……

忽然一声尖叫，我被吓住了。回过神来，才发现眼前有个半裸的女人。原来，我们逃进了女更衣室。

尖叫声过后，"砰"的一声巨响，更衣室正门被大力撞开，追兵现身。

我们继续奔逃，从更衣室后门逃了出来。

不知道跑了多久，我们眼前忽然又出现了一个人造山洞。洞口刻了几个大字，字体惊悚：激流勇闯恶魔洞。检票员在洞口打盹，听见有人过来，睁开了眼睛。不等他们反应过来，我已经拉着许可钻进了洞口。

山洞里阴气逼人，水道蜿蜒，我们跳进水里，继续逃命。

水流湍急，一下把我们掀翻在水里。我们挣扎着爬了起来，深一脚浅一脚，相互搀扶，艰难前行。

忽然，一条空船漂来，我们扒上小船，顺流而下。

小船随着激流起伏不定，进入山洞深处，近处看不到光线，远处鬼火幢幢，幽暗而阴森的穴壁上，各种怪物扑面而来——

猩猩张开了血盆大口，骷髅吐出了长长的舌头，巨蟒亮出了尖利的牙齿……各种怪叫声一浪压过一浪，接踵而来。

比怪物更可怕的是追兵。他们也坐上了小船，紧跟在我们身后，如影随形。

我紧紧搂住许可，许可魂飞魄散，控制不住身体的颤抖。

小船历尽艰险，终于钻出洞穴，我们看到了阳光，心里稍稍安定……

小船陡然下落，从最高点直冲谷底，十几米的落差，许可失声惊叫。

在巨大的水浪中，小船抵达终点。我拉起许可，弃船上岸，追兵们紧随而至。终点站有两个工作人员，眼睁睁地看着这一幕，不知道该如何是好。

追击之下，我们慌不择路，继续亡命奔逃。

奔逃中，我们渐渐发现，这是一条上山的步道。

我们登上了悬崖绝壁，终于无路可逃。这不是一个比喻，而是我们实际的处境。悬崖之下，三面峭壁围抱着一片宽阔的湖水，在阳光的照耀下，波光粼粼。

许可跑不动了，弯腰喘息，我也停了下来，精疲力竭。

我忽然觉得这个地方似曾相识，扭头一看，果然看到了蹦极平台。

操作间里，两个工作人员看到我们，连忙上来招呼："蹦极，玩吗？"

追兵突然出现，两个工作人员来不及反应，瞬间被打倒在地，晕了过去。

最先出现的是沈默、小刀和大庄。看到我们濒临绝境，他们并不急于攻击，只是围了上来，晃着尖刀和铁棍，步步紧逼。我们万分惊恐，步步后退。

你可能还记得我恐高。实际上，有很多东西比高更可怕，比如，人心。

最绝望的时刻，我们突然发现，蹦极平台的一侧，居然有一条隐蔽的岔道，我拉着许可就跑，奇怪的是，马仔们没有追赶，只是站在那里，就像在看热闹。

我们跑了两步就停住了，因为我们又看到了那两个假警察。他们突然现身，站在岔路口，切断了我们的最后一线生机。

他们继续逼近，形成合围之势。我们继续后退，退到了悬崖边上。

许可流下了眼泪。她紧紧抓住我的手，身体一直在颤抖。我也感到万分恐惧，我的腿也软了。但是，在许可面前，我极力控制住自己，紧紧地搂住她。

周正最后一个出现。他走到我们面前，先不说话，只顾喘息。喘了一会儿，他终于平复下来，凶狠地看着我们。

他说："手机呢？"

我说："在山下。"

手机其实就在我裤兜里，但是，我必须拖延，这是我唯一能想到的借口。

周正显然不信："手机给我！"

我坚持说："在山下。"

周正大声咆哮："手机给我！"

我说："我带你们下山去找……"

周正手腕一抖，暗藏在手上的一根甩棍"噌"地弹出，金属嘶鸣，如刀剑出鞘。抡起甩棍，自下而上，划出一道诡异的弧线，破风而来……

"砰！"我眼前一黑，躺倒在地上。

当我睁开眼睛的时候，看到许可蹲在我身旁，泪眼婆娑。

周正也蹲了下来，把手伸向我的裤兜。我想阻止他，却没有力气。

许可忽然喊了一声："手机在我这儿！"

周正愣了一下，掏兜的手悬停在半空中。

许可把手伸进自己的裤兜，掏出的，却是一瓶辣椒水。

那是我送给许可的礼物，自制的防狼神器！

辣椒水呈雾状喷出，周正一声惨叫，双手捂脸，一屁股坐在地上。

三个马仔和两个假警察都惊住了，他们很快反应过来，冲了上来。

我万万没想到，也没有任何思想准备，许可突然抓住我的手，拖着我就跑，跑向悬崖，纵身一跃……

在巨大的落差中，我感到自己的心脏几乎跳了出来。我身体悬空，仰面朝天，看到凶手们跑到悬崖边缘，眼睁睁地看着我们凌空下坠。他们的表情都很绝望，就和我们被围困时一样绝望。他们的面孔距离我越来越远，渐渐模糊不清。

许可抓住我的手，抓得很紧。我忽然发现，她的另一只手抓着一根绳索。就在刚才，我还见过这根绳索，它盘在蹦极平台的地面上。

我不知道别人玩蹦极是什么样的感受，我个人的感受是，向死而生！

你可以想象一下那幅画面：一男一女，两个人影从高高的蹦极平台上跃下，粗大的绳索垂直落下，把他们带到湖面，然后反弹，拉升到半空，如龙蛇一般，在山水之间飞舞……在那个美妙的瞬间，我忽然想起了许可的空中芭蕾。不过，我还来不及细想，我们就再一次垂降湖面，许可松开绳索，我们落入湖中。

落水以后，我连呛了几口水，我感觉脑子也进水了，意识模糊，混混沌沌。

迷迷糊糊中，我感觉许可一直没有松手。她拉着我，想把我拖出水面，但是她终于体力不支，我们又开始下沉。即使是下沉，她也没有松开我的手。

我又呛了一口水，突然清醒过来。看到许可已经昏昏沉沉，我连忙抓住她，托着她的身体，拼命游向水面……终于，我把许可托出了水面。

这时候，我已经拼尽了全身的力气，再也无法控制自己的身体。我开始下沉，湖水渐渐没过了我的眼睛、我的鼻子、我的嘴巴……

突然，一只手伸了过来，紧紧抓住了我。

许可清醒了。她一把抓住我，把我拉出了水面。

空气回到了我的肺里，力量也渐渐回到了我的身体里。我伸手抱住许可，许可也抱住我。我们浮在水面上，拥抱在一起。

我们抱了一会儿，然后松开对方，一起向岸边游去。

湖岸近在眼前，却又遥不可及。我们快游不动了，绝望中，我们突然发现，一条电动船劈开水花，向我们开了过来。船上有几个警察，其中就有郝队。

我们被打捞上岸，坐上了警车。

在警车上，我们从郝队的对讲机里听到了一个消息：周正和他的三个马仔，还有那两个假警察，都已经落网。我和许可相互看看，如释重负。

警车开动起来，像一阵旋风似的，把我们带回到刑警队里。

进了刑警队，我和许可立刻被警察分开，然后我被带到现在的这间屋子里，开始向郝队和小警察讲述这个故事。

故事讲完了。郝队不动声色。小警察目瞪口呆。

我说："我们没有报警，你们是怎么找到我们的？"

郝队说："很多人报了警。"

我说："很多人？"

郝队说："天伦山公寓的保安，公路上的过往司机，游乐场里的工作人员。"

我说："为什么？"

郝队说："他们都认识许可，从网上认识的。"

我明白了。

许可实在太出名了，很多人其实一眼就把她认出来了，看到有人在追杀她，当然会有人打电话报警。众人接力拉响了警报，当然会引起警察的高度注意。我们因此得救，凶手也因此落网。

现在，郝队和小警察都走了，留下我一个人待着。

我安静地待着，又想了一些事情。

我想起了曹克。我曾经痛恨曹克，咬牙切齿。但是，当我亲眼看见他死亡，我才发现自己原来并没有那么恨他，反而感到很难过。他的结局太过悲惨，让我震惊，也让我内疚，毕竟，他的死亡和我的手机有关。

我想起了周正。周正和我有一个共同爱好——斗地主。大牌明明在我手上，我却因为胆怯，迟迟不敢亮牌。当我终于决定出牌的时候，已经被逼上绝境。幸运的是，在最绝望的时刻，许可抓住了我的手。

我又想，其实我是在跟自己打牌。其实有两个我，一个胆小，另一个勇敢。我也分不清哪一个才是真正的我，当他们狭路相逢时，勇敢的那一个撑到了最后。我原本以为，我没有勇敢的基因。现在我才明白，它们一直潜伏在我的身体里，蠢蠢欲动，直到许可出现，它们才被彻底激活。

我想起了许可。我知道我已经爱上她了，但是我不知道她对我是什么感觉，也许是爱情，也许只是友谊。我希望那是爱情。

我胡思乱想了一会儿，终于困了。

不知不觉中，我睡着了。

虽然椅子很不舒服，但是我仍然睡得很沉，没有做梦。

当我醒来的时候，郝队回来了。

我被释放了。

警察没有追究我的责任。郝队说，希望我引以为戒，做正确的事情。

我的手机被留在刑警队里，玉观音却回到了我手里。我把玉观音戴回到脖子上，紧紧贴着胸口。我发誓再也不会把它弄丢了。

郝队把我送到了门口。告别的时候，他甚至主动伸出手来，和我握了握手。他的外表看起来那么冷酷，手掌却那么温暖。

他说："再见！"

我也说："再见！"

告别郝队，我走出了刑警队大门。

天早就亮了，阳光明晃晃的。我走在阳光下，精神恍惚。

这个故事不算太长，十几天时间，我却感觉像过了一辈子似的。

街市如常，车水马龙，人来人往。

我突然站住了，因为我看到了许可。她站在马路对面，目不转睛地看着我。

我们隔着一条窄窄的马路，彼此对望。

时间仿佛凝固了。

泪水涌出眼眶的同时，我却看到，许可的脸上绽开了笑容……